祖国，你好

ZUGUO,NIHAO

谢文中◎著

时代出版传媒股份有限公司
安徽文艺出版社

图书在版编目（ＣＩＰ）数据

祖国，你好/谢文中著.—合肥：安徽文艺出版社,2021.1（2022.7重印）

ISBN 978-7-5396-6488-0

Ⅰ．①祖… Ⅱ．①谢… Ⅲ．①诗集－中国－当代

Ⅳ．①I227

中国版本图书馆 CIP 数据核字(2020)第 249739 号

出 版 人：姚 巍

责任编辑：汪爱武　　张星航　　　　　装帧设计：徐　睿

出版发行：安徽文艺出版社　　www.awpub.com

地　　址：合肥市翡翠路 1118 号　　邮政编码：230071

营 销 部：(0551)63533889

印　　制：山东百润本色印刷有限公司　　(0635)3962683

开本：880×1230　1/32　印张：6　字数：100 千字

版次：2021 年 1 月第 1 版

印次：2022 年 7 月第 2 次印刷

定价：59.80 元

目 录

序言

沙 马

　　谢文中矢志不渝，笔耕不辍，经过辛苦的努力，终于写成了长篇叙事诗《祖国，你好》，并与其他诗作一起交由安徽文艺出版社出版。

　　《祖国，你好》篇借鉴了普希金、拜伦、歌德等著名诗人长诗的写作形式，采取梦幻奇遇的构思手法，虚构了一位诗人到北京游览，叙写在天安门和人民英雄纪念碑前所见所闻所感，并通过诗人、市民、老汉、先烈、公务员、游客等社会各界人士的对话，展现出当今中国之巨变、人们之幸福的图景，歌颂了无数革命先烈为了中华民族的解放事业抛头颅、洒热血的大无畏精神。全诗有以下四个特色：

　　一是通过对话形式，生动地再现了祖国改革开放的壮丽图景，揭示了人民美好生活的新气象。

市　民

这更好！在这举国同庆的日子里

你正好可以发挥你的特长向我们描述一下

当前我们伟大祖国日新月异的变化。

诗　人

说到祖国的变化我感慨万千，

尤其是当我回想起四十年前

"文化大革命"刚刚结束，

拨乱反正的思想路线刚刚确立，

我们的小岗村农民为了能早日摆脱贫穷

率先提出农业"大包干"并按下了红手印

随即我们改变

吃大锅饭的现象

走上了改革开放的康庄大道！

老　汉

现在的农民日子过得红红火火

生活也不比城里人差。

说起我们家乡农村日新月异的变化，

得从四十年前中共十一届三中全会开始……
……

作者用朴实的语言、具体的事实再现改革开放的丰硕成果。四十年前中共十一届三中全会开启了中国改革开放的新征程，见证了改革中的迷茫和困境、喜悦与兴奋，也彰显出我们如何战胜困难、坚定改革不动摇的决心。作者借助诗歌这一形式来强化所要表达的主题思想内容，通过不同的人物形象、从不同的角度阐述一个朴素的真理。这就是：没有共产党，就没有新中国；没有新中国，也就没有中国人民今天的幸福生活。在写作方式上，作者遵循了创作上的一个原则，这就是：形象大于思维。

二是诗歌运用了时空交叉的手法，立体地再现了一个民族历史与现实的缩影。历史的烟云缠绕着现实，现实的声音回响着历史。历史和现实是不断流动的河流，经历过惊涛骇浪，也有过和风细雨，它们的交织构建了祖国伟大的形象。

诗　人

尤其是在十月革命之后，

他们结成了联盟变成了革命的洪流。

在推翻压在中国人民头上的

三座大山的战斗中，

他们精诚合作，勇往直前，

用他们的热血和生命捍卫了民族的尊严。

……

市　民

听诗人讲述我们先辈的丰功伟绩，

我这心里充满了感动和感激……

谢谢你，可爱的诗人！

老　汉

今天的天气多么晴朗，

小鸟在街边的枝头上小声歌唱。

我跟着众人来到天安门广场，

见到了许多久别的朋友，

心情是多么舒畅！

　　作者从一个场景向另一个场景推进，不同的场景之间联系紧密，日常而朴实的语言，清晰而深情的叙述，不同的形象展示不同的内容和场景，从而达到不同的表达效果。

　　三是这首长诗超越了生死界限，这就是牺牲的先烈们登场了，以复活的灵魂回到了现实，回到了人民中间，共同体会新中国建设的伟大成就，共同感受改革开放的伟大成果；并让他们体会到曾经的流血是值得的，曾经的牺牲是值得的。因为他们的理想、信念和英雄主义精神正在被一代代人继承并发扬光大。

　　先烈们
　　听市民们那一句句发自肺腑的赞美之言，
　　我们这心情是多么舒畅！
　　啊，当年我们爬雪山、过草地，历尽千难万险，
　　不就是为了人民的解放，祖国的富强?!
　　如今人民不仅得到解放获得温饱，
　　而且步入了新时代
　　即将建成全面小康社会。

这是我们建党时的心愿和梦想，
更是我们当初甘愿抛头颅、洒热血时
　　的理想！

特区人民
哦，你们是谁？
说话的声音好亲切！

诗　人
他们是我请来的贵客
他们曾在这里点燃革命的圣火
并用他们的青春和热血实践着他们
为人民谋幸福的理想……

　　从先烈、特区人民和诗人的对话中，我们可以
看出一个民族在前进过程中所付出的艰辛和困苦。
先烈们的声音越过漫长的时光抵达现实，还是那么
动人、清晰、亲切，体现出作者对先烈们的敬仰和
热爱。
　　四是这首长诗在不同区域表现出不同的现实场

景，再现改革的春风吹遍神州大地，幸福的花朵在
中国大地四处开放的美好图景。

游　客
哦，等一下，还有我们呢!

诗　人
啊，你是谁?

市　民
哦，他是我亲戚，
一个来自宝岛台湾的商人。

诗　人
哦，是你呀，尊敬的贵客。
欢迎你，我亲爱的同胞!

台湾游客
谢谢你，可爱的诗人!
方才听了你们之间的对话，我这心里

　　　　就像是刚打开了两扇门

　　　感触颇多。真想

　　　和你们一道

　　　乘着改革开放的春风

　　　共同实现我们中华民族的伟大复兴。不过……

　　国家的统一是中国人民的心声，祖国的日益强
大、繁荣昌盛吸引了台湾同胞的到来。他们也期待
着大陆的改革开放为他们带来新的福祉、新的未来。

　　综上所述，谢文中在《祖国，你好》中运用拟人
化的艺术手法，相对集中地完成了诗歌所要表达的中
心思想。在掌握历史与现实、改革与开放、个人与集
体之间关系的基础上，寻找诗意表达的途径，并通过
人物对话来展示自己对祖国发展的认知，对理想与现
实的感受。作者在不同的领域里渗透不同的诗意，丰
富了诗歌的主题思想，增加了诗歌的表现力。

　　　　　　　　　　　　　　2020 年 10 月 6 日

祖国，你好

1

市　民

诗人，你脚步匆匆，

是要去往哪里？

诗　人

这还用问，亲爱的友人？

市　民

你要去天安门广场看升国旗，

我们正好同行，不过现在时间还早
你何不像往常一样敞开心胸
向我们倾诉你诗人特有的感受和情怀?

诗　人
恭敬不如从命。不过我今天倾诉的
不是我个人的小情小义和小爱。

市　民
这更好! 在这举国同庆的日子里
你正好可以发挥你的特长向我们描述一下
当前我们伟大祖国日新月异的变化。

诗　人
说到祖国的变化我感慨万千，
尤其是当我回想起四十年前
"文化大革命"刚刚结束，
拨乱反正的思想路线刚刚确立，
我们的小岗村农民为了能早日摆脱贫穷

率先提出农业"大包干"并按下了红手印
随即我们改变了吃大锅饭的现象
走上了改革开放的康庄大道!

市　民

你的话儿说得简单空洞,
我听来听去总感觉不到
现在与过去相比有何变化。

诗　人

这中间的变化我一个人说了不算,
最好还是请这位与我同来的老汉叙说。

老　汉

市民朋友别惊讶,
现在的农民日子过得红红火火
生活也不比城里人差。
说起我们家乡农村日新月异的变化,
得从四十年前中共十一届三中全会开始……
那年春天我家分得几亩责任田,

我就带着家里人辛勤耕种劳作，

当年就获得了丰收，不仅让家人填饱了肚子，

还给老人孩子做了新衣服！

三年后我就把祖上留下来的

那几间低矮的土坯房拆了，

盖上了崭新的红砖大瓦房。

那时候我站在大瓦房的台阶上，

心里乐开了花！

真想不到，昔日我爷爷嘴里念叨的，

只有地主老财才有的大瓦房我们也能住上。

为那事，我兴奋得三天三夜没睡，

一直默念着党的政策好，并把子女叫到跟前，

鼓励他们好好学习，天天向上，

争做国家的栋梁！

沐浴着改革开放的春风，我越来越感觉到，

单靠在家守着那几亩责任田

很难跟上社会发展的形势

于是我就趁着农闲时期出外打工做买卖……

结果真是一分辛劳一分收获，

我家不仅实现了"楼上楼下，电灯电话"的梦想，

而且把子女培养成了有用的人才，

一个是业有专攻的专家，

一个是有名的大学教授！

市　民

你的经历跟我相似，

只不过你出生在农村，

我在城里，是一名工人。

今天在这里遇见你们，

我感到万分荣幸，

尤其是在今天这个喜庆的日子里。

诗　人

看到市民和老汉握手言欢，

我这心里备受鼓舞倍感欣慰，

不由得回想起祖辈的

　　　历史……

我们的祖上都处在社会的底层，

同样遭受着地主和官僚资本家的压迫和剥削，

还有洋人的欺侮与侵略！

在反抗和挣扎当中祖辈们结下了深厚的友谊，
尤其是在十月革命之后，
他们结成了联盟变成了革命的洪流。
在推翻压在中国人民头上的
三座大山的战斗中，
他们精诚合作，勇往直前，
用他们的热血和生命捍卫了中华民族的尊严。
并且前仆后继冒着敌人的炮火，
为伟大的新中国成立做出巨大贡献！

市　民

听诗人讲述我们先辈的丰功伟绩，
我这心里充满了感动和感激……
谢谢你，可爱的诗人！
哦，现在时间不早了，
那东边的太阳已经露出曙光，
我们还是赶紧去往那神圣的地方，
和其他的兄弟姐妹一道，
看那鲜艳的国旗冉冉升起。

诗 人

好！我们现在就去，迎着朝阳！

2

老 汉

今天的天气多么晴朗，

小鸟在街边的枝头上小声歌唱。

我跟着众人来到天安门广场，

见到了许多久未谋面的朋友，

心情是多么舒畅！

哦，亲爱的诗人，现在还有点时间，

何不到人民英雄纪念碑那边去敬个礼？

市 民

是啊，亲爱的兄弟姐妹！

诗　人

迎着明媚的阳光，走!

老　汉

革命的先烈们，

今天见到你们我心里好高兴，首先

　　祝你们节日快乐!

人民英雄纪念碑!

谢谢你们，亲爱的人!

诗　人

看着浮雕上一幅幅鲜活的历史画面，

我这心里升起一股崇敬之情。

先烈们，你们辛苦了!

在这不同寻常的日子里，

我真不知道该用什么语言来赞美你们。

人民英雄纪念碑

诗人你不必多礼更不要客气，

你应该敞开胸怀发挥你的特长，

我们要乘着你诗歌的翅膀到我们当年

曾经工作战斗的地方去看一看

发生了什么新的变化。

市　民

诗人你不必再犹豫，

赶紧张开诗歌的翅膀

带着我们的先烈们到全国各地去游览一番！

诗　人

你的话儿正中我心坎，

带着先烈们的英魂四处走一走看一看

正是我的心愿！

不过路途遥远我不知道该先到何方

从哪儿开始宣讲。

市　民

我们中国的改革从南方开始，

依我看你就先讲一讲那小渔村的故事。

诗　人

四十年前的小渔村人烟稀少，

贫瘠的土地上长满了荒草。

谁也没想到党中央会把这里选为特区

改革开放的前哨……

望着眼前贫瘠的土地，低矮的茅草屋，

现实中有许多艰难险阻可是我们勇敢的特区人民没

有气馁妥协

手拿起镰刀斧头劈开挡道的荆棘和暗礁

开凿出一条条通往财富的康庄大道！

在这里最先打开计划经济的鸟笼，

"以经济建设为中心"的思想理论在这里

　　得到了充分发挥，

科学技术在这里显得格外耀眼夺目，

几乎是在一夜之间实现了我们几代人

　　当初的梦想！

看着眼前林立的高楼、现代化的设施，

瞅着一条条宽阔的柏油路和繁华的广场街道，

我感慨万千，由衷地佩服这些辛勤智慧

　　而又勇敢的特区人民和建设者。

你们真是好样的，能在短短的三五年时间，

把那一穷二白的小渔村建设成令人瞩目的

经济特区，无异于在神州大地上创造了奇迹和神话，

为我们祖国的经济开启了一个新的时代！

谢谢你们，辛勤智慧的特区人民！

特区人民

诗人别客气，

我们不过是一群普通建设者。

最应该感谢的是她

伟大、光荣、正确的中国共产党！

是她不忘初心为我们设计了

　　一个富民强国的宏伟蓝图，

把改革开放的春风送到了人间；

是她励精图治给了我们

　　一个可以发挥特长和才华的舞台，

让我们的聪明才智获得了新生；

是她以壮士断腕的勇气为我们

开辟了一个绿色、环保的世界！

先烈们

听市民们那一句句发自肺腑的赞美之言，

我们这心情是多么舒畅！

啊，当年我们爬雪山、过草地，历尽千难万险，

不就是为了人民的解放，祖国的富强?!

如今人民不仅得到解放、获得温饱，

而且步入了新时代

即将建成全面小康社会。

这是我们建党时的心愿和梦想，

更是我们当初甘愿抛头颅、洒热血时

　　　的理想！

特区人民

哦，你们是谁?

说话的声音好亲切！

诗　人

他们是我请来的贵客

他们曾在这里点燃革命的圣火

并用他们的青春和热血实践着他们

为人民谋幸福的理想……

特区人民

哦，我们明白了，

他们就是我们平日里最崇敬的英雄烈士。

欢迎你们！亲爱的长者，人民的英雄！

哦，瞧！我们正在这里举行仪式庆祝国庆！

你们何不下到人间与我们一道看升国旗？

先烈们

看着眼前林立的高楼大厦间

  穿梭的人群和车辆

我们感受到了你们新时代的

  科学现代化气息……

你们能把昔日贫穷落后的小渔村建设成

  如此繁华的现代化城市

我们感到自豪和骄傲，真想飘落到

  你们中间跟你们一起庆国庆。

不过时间紧迫，我们还想到别的地方去

  看一看，以了我们多年来的夙愿。

特区人民

那请你们一路走好……

3

诗　人

我们脚踏祥云遨游在祖国的上空

俯视着被阳光普照的大地

瞧！我们的长江、黄河就像两条金丝带

　　连接着大海和喜马拉雅山；

那连绵起伏的长城就像一条巨龙

　　活跃在崇山峻岭和城市之间；

那蜀道不再难于上青天

一条条宽阔的马路盘旋而上；

网状的铁路穿过一道道山林奔向全国各地

机场上的飞机，正在接二连三地降落又起飞

机舱里的人们脸上挂满了笑容

而那机身上的五星红旗在阳光下

显得格外鲜艳！

先烈们

诗人，你看那广场上聚集了不少人，

他们兴高采烈地在干什么？

诗　人

哦，他们正在敲锣打鼓喜迎国庆！

一先烈

咦！这是哪儿？

我怎么越看越眼熟啊！

另一先烈

我也觉得这儿好眼熟

这儿好像是——

诗　人

对，你们看得没错！

你们以前是曾经来过。

一先烈

是吗，这就是我们魂牵梦萦的八一南昌广场？

诗　人

是的，我们脚踏祥云来到了英雄城

八一南昌起义的故地

心情是多么激动而又忧伤！

因为在这片神圣的土地上

有许多革命同志永远地失去了

　　他们的青春和生命。

一先烈

诗人，您不必忧伤，

我们失去青春的生命是有点忧伤，

但那时我们的祖国遍体鳞伤，

西方列强像豺狼一样，

反动派的气焰更是嚣张

高举着屠刀砍死了许多思想先进的同胞

人民大众处在水深火热当中

我们的祖国也到了生死存亡的关头，

在这里，党带领我们勇立潮头向反动派

　　　　打响了第一枪！

我们感到骄傲和自豪！

因为在我们的心中蕴藏着共产主义的理想，

　　　　马克思主义的信仰！

只是没想到，我们死后不久这南昌城就

　　　　发生了如此翻天覆地的变化……

英雄城市民

说起这南昌城的变化事实上也很艰辛，

那前进的道路就像是黑夜的沼泽地坑坑洼洼……

那白色恐怖一直笼罩在这英雄城的上空

直到七十年前才完全消除。

其间的战斗牺牲了我们许多

　　　　可爱可敬的好同志好战友……

另一先烈

市民同志你们不必太悲伤，

革命真理不是人人都明白。

反动派所追求的是他们的私利，

广大民众的利益似乎与他们无关。

新旧势力的碰撞和较量在所难免，

不过让我们欣慰的是你们这些后来者继承了

　　革命的传统迎难而上，

前仆后继推翻了压在人民头上的三座大山，

建立了我们期盼已久的新中国！

感谢你们，亲爱的市民！

在这个举国同庆的日子里，

我向你们致敬！

英雄城市民

万丈高楼平地起，

革命的成功和建设历经坎坷，

需要几代人努力……

自从那日你们在这里打响了第一枪，

反动派就变得更加疯狂与嚣张！

无奈，我们的队伍只好退出英雄城，

而敌人紧追不放。

我们又有许多同志倒在了敌人的枪炮之下，

幸亏遇见了毛委员

和他的部队会师在那井冈山下。

大海航行靠舵手，

在党的英明领导下，我们的队伍

在战斗中一天天成长一天天壮大，

终于我们在江西瑞金建立了

一个红色革命政权……

可是还隐蔽着许多敌对势力，

他们开着刚从列强那里弄来的飞机火炮

向我们的队伍横冲直撞

我们新生的政权只好避其锋芒撤向远方。

我们的工农红军是多么勇敢顽强……

面对着强大的敌人他们沉着应战

用小米加步枪打得敌人滚的滚、爬的爬

几度浴血奋战，我们的红军终于突破了天险

把数倍于我的敌军抛在了身后。

在那遵义城里我们选出了伟大的领袖

是他带领我们的红军穿过了茫茫草地

跨过了白皑皑的雪山到达了延安

成为抗日保国的中心力量！

4

另一先烈

这以后的历史还是让我来说吧，亲爱的市民！

因为我是那一时期的亲历者，一名红军战士。

回想起二万五千里长征路上那些

　　牺牲的战友，我这心里充满了悸动和哀伤。

尤其是当我想起那个曾经与我

　　并肩战斗过的"红小鬼"，

那时候他才十五六岁，

是我们连队里的小号手；

我们在过草地的时候不慎跌进了沼泽，

是他奋力把我推上岸让我保全了性命，

而他自己却越陷越深失去了年少的生命……

为了革命也为了报答他的救命之恩，

我秉承了他的遗志接过他的冲锋号角

在数次抗日卫国的战斗中奋勇向前，

让那嘹亮的号角发出了摧枯拉朽的

时代强音，鼓舞了一代又一代人！

英雄城市民

你们的战斗精神和革命豪情让我们钦佩，

你们的丰功伟绩在英雄墓碑上清晰可见。

为了表达我们的崇敬之情，

我们在你们曾经战斗过的地方

修建了一个又一个陵园；

每当清明节来临，

我们就带领着我们的后代来祭奠你们的英灵！

不信，你们看那不远处的学生

干部们在为你们扫墓敬献花篮。

先烈们

我们非常感激，亲爱的市民！

不过我们现在所关心的不是我们个人的荣誉得失

而是想知道你们这时代的新篇章！

英雄城市民

说起这时代的新篇章，我们

　　也是心潮起伏感慨万千……

自从那天我们伟大的领袖站在

　　那高高的天安门城楼上庄严宣告了

　　新中国的成立，

我们就迎头赶上开始了这城市的建设；

但多年的军阀混战给我们留下了深重的创伤，

一穷二白的局面让我们心头发慌！

更头疼的是那美帝国主义

把战火烧到了我们的鸭绿江畔。

抗美援朝的呼声一浪高过一浪，

我们也积极响应党的号召，

踊跃参军奔赴那保家卫国的战场！

面对着武装到了牙齿的侵略军，

我们的志愿军与朝鲜人民精诚合作，沉着应战

三年后，我们把那些侵略军赶出了三八线，

在谈判桌上那些侵略者终于

　　被迫签上了他们的名字。

胜利的歌声让我们欢欣鼓舞，

刚刚从废墟上站起来的中国人民

　　更是信心百倍，满怀希望。

可是"大跃进"脱离了我们的实际情况

很快就遭到了重创……

工业上没有取得预期进展，

农业上出现三年困难时期。

于是我们放慢了脚步调整了前进的方向，

实事求是地制订了第一个五年计划。

于是我们怀抱着崇高的共产主义理想

脚踏实地地搞生产，

不几年，祖国就显现出了青春活力，出现了

　　欣欣向荣、蒸蒸日上的景象……

却不料从那天边突现一片乌云

　　遮住了金光闪闪的太阳。

直到十年后，"文化大革命"的阴云才逐渐消退，

这英雄城的建设才逐步展开……

一先烈

对于那段历史，我们在那

　　天安门广场上看得分明，心里也很难过。

但那已过去四十年，

我们没必要再去计较抱怨。

那不过是我们前进路上的一个小插曲

一个成长的经历，

而我们现在最关注的应该是

　　当下祖国日新月异的发展和变化。

亲爱的市民，你们说呢？

英雄城市民

先辈们目光如炬胸怀祖国，

不顾个人得失而且谦虚谨慎，

我们这些后人为何不学你们的大度

把那段历史淡忘，化为我们新时代前进的力量！

啊，升国旗的时间快到了，

先辈们何不下到我们中间

一起看那国旗冉冉升起？

先烈们

谢谢你们，亲爱的市民！

不过我们今天还想乘着诗歌的翅膀

到其他地方去看看……
啊，亲爱的诗人，咱们出发吧！

诗　人

走，让我们乘着诗歌的翅膀
到你们以前曾经战斗过的地方
　　看一看，切实地感受一下
祖国这些年日新月异的变化。

一先烈

今天的天气是多么晴朗，
明媚温暖的阳光倾洒在我们身上。
俯瞰着祖国的山川河流，
一条条高速公路和铁路就像蜘蛛网镶嵌在大地上，
一辆辆汽车像河水一样奔驰汹涌，
长蛇般行进的火车呼啸着
　　穿行在祖国的四面八方……
昔日我们战斗过的地方旧貌变新颜，
再也看不到原来那一幅幅衰败破落的景象。
映入我们眼帘的不是高楼林立的繁华都市

就是让人羡慕的美丽乡村，
还有那来自四面八方的休假旅游的人群！
瞧着眼前这些背包的旅行客，
我这心里充满了好奇与疑惑，
这么好的天气他们为什么放假不工作？
像他们这样嘻嘻哈哈地游山玩水
我们的"四化"建设何时才能实现？

诗　人

革命先辈你们不要着急上火，
这节假日出门旅游是我们现代人的一种追求，
如今已发展成了国家的一个产业，
这不仅可以让人民群众获得身心愉快
　　　长见识，而且可以拉动消费。
激活地方经济给政府增加各项税收……

那先烈

是吗？
像这样年复一年地消费
　人民群众能承受得起吗？

诗　人

党的改革开放政策好，

人民群众的生活水平稳步提高，

带家人出门旅游是他们的需求，

也是他们的追求和心愿！

另一烈士

从前的地主老财我们见到的不是一个两个，

他们的生活水平也不过是一天混个肚子圆，

哪有多余时间和财力出外游山玩水？

莫非现在人民群众手里的

　　　钱超过了那些地主老财？

诗　人

革命前辈你的话儿说得多可爱！

现在群众的生活的确超过了从前

那时候我们国家正处在半殖民地半封建时期

广大人民经常是饿着肚子给地主当长工。

而地主们忙着计算他们

一亩田地还能压榨出多少油水，

哪里有时间出外花钱游山玩水？

如今的老百姓已经站起来当家做主，

靠着国家的好政策发财致富，

不仅解决了温饱问题而且

　　　手头上多了一些闲钱积蓄。

那烈士

是吗？

现在人民的生活条件真的那么好？

诗　人

这还有错！

现在人们不仅解决了温饱，

而且与时俱进

积极响应党和国家的号召，大众创业，

万众创新，明年就能全面建成小康社会！

那烈士

是吗？明年就能实现我们当年的

　　　梦想，让祖国人民

手牵着手共同富裕奔小康？

诗　人

是啊，千真万确岂能有半点虚假？

另一烈士

既然如此美好，那我们何不下去看看？

诗　人

好的，那我就领着你们下去看看！

5

一烈士

这是什么地方？

巍巍群山

一条清澈的小河

我好像在哪儿见到过。

诗　人

这里你应该来过，

这延河水泡的茶

你也应该喝过。

一烈士

哦，我想起来了！

这里就是我们当年工作战斗过的延安！

延安人民

哦，亲爱的诗人，

你今天来这里采风我们欢迎，

不过今天我们在这儿庆国庆搞活动，

恐怕没有太多的时间陪你四处行走。

诗　人

老乡，今天来得匆忙请你们原谅！

一民众

啊，请问他们几个是谁？

我好像在哪里见到过。

诗　人

他们的灵魂崇高而伟大，

他们的形象早已融入不朽的浮雕里，

你这里曾是他们的第二故乡……

那民众

我尊敬的前辈，请你不要太激动

有什么话先静下心来慢慢说。

诗　人

方才我向他们介绍了你们的幸福生活，

他们几个觉得有些疑惑不解，

想当面问一问老乡。

那民众

亲爱的贵客，要想知晓其中的幸福密码

我得从四十年前说起……

那时候我们这里刚刚分到了责任田，

人民公社里的食堂被拆除，

老乡们一个个低头不语，

我这心里也在不停地犯嘀咕，

不吃大锅饭就靠自己那点地将来行不行？

为了养家糊口我们咬着牙在自家田地里

　　辛勤耕作，让人欣慰的是在当年就获得了丰收。

看着眼前晒谷场上一堆堆粮食，

我们当时高兴得热泪盈眶！

我们做梦也没想到责任田到户的影响这么大，

事后才明白吃大锅饭太平均缺乏干劲……

紧接着我们便听到了从经济特区

　　那边传来的致富信息和故事，

于是我们紧跟着改革开放的步伐，

努力开发建设自己的家！

为了帮助我们延安老区人民发家致富，

党和政府量体裁衣，

为我们制订了以红色文化旅游为龙头的经济开发

　　计划。

尤其是在最近几年，

随着新时代改革开放的强劲东风，

我们这里积极响应党中央的号召，
为那些还没有来得及脱贫的老乡建档立卡，
并且确立了帮扶人和帮扶政策，
手把手地教那些老乡学文化长知识
　　学技术帮他们找工作，
找发家致富的门路……

那烈士
真想不到，我们从前工作战斗过的地方
被你们变成了挣钱的地方！

诗　人
怎么啦，亲爱的革命前辈？

那烈士
哦，眼睛里好像有粒沙子，
搅得我不舒服。

诗　人
呵，其实我当年的心情也跟你们一样，

对"以经济建设为中心"的改革开放犯起了嘀咕，

那共产主义的革命理想是否还能坚持？

诸如此类的问题我们曾经仔细辩论。

直到二十七年前的那个春天，

我们改革开放的总设计师出面

　　　才澄清了事实，为我们确立了

　　　中国特色社会主义理论和道路！

那老乡

是啊，敬爱的革命前辈！

我们这些老百姓虽然没有高深的

　　　学问和崇高的理想，但眼睛雪亮，

越来越感觉到搞市场经济建设

　　　不是资本家的专利。

我们要想把我们的新中国建设

　　　成"富强、民主、文明"的

　　　社会主义现代化强国，就必须

深化改革努力创业创新……

那烈士

话是开心锁,

老乡的话儿让我心潮澎湃,

不由得想起当初入党时的誓词。

是啊!我们当年冒着敌人的炮火奋勇前进,

抛头颅、洒热血,不就是

　　　　为了推翻压在人民头上的三座大山,

让人民过上丰衣足食的美好生活吗?!

如今我们老乡紧跟着党和国家努力创新创业

　　　　奔小康,我们还有何话可说?

哦,谢谢你们,亲爱的老乡!

你们把这里建设得如此美好,

让我们的英勇事迹代代相传。

我们在此表示真诚感谢!

那老乡

前辈你们不必太客气,

最应该感谢的是你们!

当初如果没有你们紧跟着党

那伟大的领袖在此坚持抗日,

打败了日寇反动派，

我们这里就不会有那段光荣的历史，

也就失去了值得我们后人景仰的意义和价值……

诗　人

你们不必再三谦让，

你们都是我们时代的楷模，前进的力量！

你们的功绩都可以载入

　　我们新中国的光荣史册上

　　让后人景仰！

另一烈士

现在时间不早，我们得回去了，

不过在这临别之际，

我想问你们一个问题。

那老乡

前辈同志，你我血脉相通，

如自家兄弟，有话就请直说。

另一烈士

我们的塑像在此矗立多年，

看着你们一直过着简陋而贫困的生活。

可如今你们说变就变，不仅丰衣足食，

而且成天躲在屋子里，

不再像从前那样手拿锄头拼命干活，

像你们这样懒洋洋的，如何奔小康？

那老乡

革命前辈的话儿让我们警醒又意味深长，

因为以前我们曾经犯过类似的错误。

"文化大革命"耽误了一代人的成长，

让人欣慰的是我们的祖国从来就没有忘记

　　她的使命、宗旨和梦想！

那十年浩劫刚结束我们的党就召开了

　　会议确定了改革前进的方向。

"四化"建设被提起并

　　成为社会的主角、人民的期盼。

而人才匮乏的局面很快就显露出来，

恢复高考的呼声越来越高，

立志报国的思想一下子就变得光芒万丈！

那年我正年轻也热血沸腾参加了高考。

在农村全面实行家庭联产承包责任制的时候，

我被分配到了家乡一个农机站搞生产，

却不料改革开放的力量大变化快，

我那农机站上的工作越发显得孤单，

有许多村民背着行李去了南方。

瞅着老乡们从特区寄过来的

　　　一张张汇款支票我心慌意乱

于是也学着他们的样儿背起行囊离开家乡，

开始"下海"打工、经商……

可外面的世界并非我想象，

那精彩的下面隐藏着许多不平、无奈。

几经风雨和沉浮我越来越明白，

离开家乡在外地谋生就像是在

海上撒网捕鱼，度日如年！

那思乡之情随着我年龄的增长而增长，

父母亲那一天天老迈的身影经常在我脑海里浮现，

"留守孩子"的教育更是让我内心酸楚。

但家乡的贫穷落后教我愁肠满腹，

那返乡的愿望直到十年前才得以实现。

那烈士

真想不到在你们返乡创业之前

    还经历了那么多的艰辛。

诗　人

是啊，他们在外打工、经商背井离乡，

心里是多么彷徨忧伤。

不过现在好了，他们可以在家乡安心创业，

不需要像从前抛家舍小单打独斗了。

那烈士

这很好，不过这前后的变化太大，

我们的疑问你们还没有回答。

那老乡

回乡创业的心情是多么舒畅，

尤其是当我们听说国家以工业反哺农业

取消了农民交粮的制度，

我们更是信心百倍，勇气十足！
为了帮助我们尽快找到发家致富的钥匙，
党和政府又为我们出台了
　　一系列的有利于农业的政策，引导我们就地
取材，
发挥我们家乡的特长和特色，
确立了新时代"绿水青山就是金山银山"的
　　理念和农村互联网经济的建设。

那烈士
对于你们所说的新时代理论，
我们听得顺耳但学得不深真有点陌生。
哦，你们正忙着接待来自五湖五海的旅客，
我们不便多打扰就此告别吧。

延安人民
欢迎你们再来，亲爱的革命前辈！

6

诗　人

今天的天气多么明朗，

我们脚踏祥云遨游在祖国四方。

看着祖国秀丽的河山与那繁花似锦的城市

瞧着一台台威武灵活的联合收割机

　　穿梭在田间地头

我们的心情是多么荣耀！

种植园里瓜果飘香，

养殖场上鱼虾活蹦乱跳，

新时代的种田大户和农场主正坐在电脑前敲打键盘，

在互联网平台上跟客户洽谈，销售

　　自己刚出炉的成果和产品，

成为百万"店商"中的一员……

如此精致的生活并没有让我们忘记

　　那古老的农耕文明和苦难的历史，

那工业革命里渗透着

　　我们中华民族的优秀传统，

那发愤学习发愤图强的精神依旧

　　是我们前进道路上的智慧明灯！

一烈士

是啊，还是诗人你说的话中肯！

就算是到了新时代也不能忘记老传统，

更不能忘记老区人民和那段

　　　农村包围城市的伟大转变的

　　　光荣历史和革命的精神，

否则就找不到我们来时的方向！

诗　人

还是我们的前辈想得开看得远，

不忘初心正是我们新时代航船里的一盏明灯！

为了切实实现我们建党时的

　　誓言，我们的党和国家

制定了一系列的富民强国的政策，

　　法律和法规，继续深化改革开放，

还确立了脱贫攻坚全面实现

　　小康的路线图、时间表……

振兴中华是我们几代人的愿望和梦想，

如今我们已经看到实现的希望和曙光，

怎不令我欣喜若狂？

另一烈士

诗人你不必手舞足蹈，

我们中华民族的伟大复兴就在前方。

不过前进的道路上还裹挟着许多看不见的困难，

我们还得加倍小心，

不能在新时代的繁华里迷失了方向！

一烈士

哦，你们看！

那天安门广场上国旗已经升起，

正迎着新时代的春风高高飘扬！

人民英雄纪念碑

亲爱的同志，你们几个怎么现在才回来？

是不是因为遇见了什么妖魔鬼怪？

一烈士

瞧您说的，在这朗朗乾坤哪来的妖魔鬼怪？

不过我们在路上的确看到了许多新鲜事。

人民英雄纪念碑

哦！那你们何不说出来让我们也听听？

一烈士

行！那就请诗人同志替我们

　　　讲一讲那些新奇的故事。

诗　人

是！恭敬不如从命……

另一烈士

哎哟！

诗　人

啊，您怎么啦？

那烈士

我这头顶上好像有虫子在沙沙作响。

诗　人

哦，那不是什么虫子，

是两只可爱的白鸽。

烈　士

它们不在空中飞行却在我这里干什么？

诗　人

可爱的小白鸽，你们的兄弟姐妹都

　在广场上空飞行盘旋庆祝国庆，

你们在这里东张西望干什么？

一只鸽子

哦，我们是两只来自远方的鸽儿。

一昼夜的飞行让我们疲惫不堪，
贸然停落在这上面请你们原谅，
我们站在这上面东张西望并无歹意。
眼前的热闹繁华景象让我们眼界大开，
团结胜利的歌声也让我们心潮澎湃，
新时代安宁和谐的景象更让我们欢欣鼓舞，流连
忘返。

诗人

是吗？你们与我们一样感觉如此强烈？

另一只鸽子

可不！我们的主人经常在我们面前叙说
　　新时代的故事和传奇。
临来时他老人家一再嘱咐我们一定要把首都的
　　变化与进步的景象记在心间，
然后捎带回去，
让我们灾区人民知晓。

市　民

既然如此，你何不赶紧飞过去看一看

国庆天安门广场热闹繁华的景象？

那只鸽子

这个……

诗人

你们还有何事？

那只鸽子

今日有幸见到这些烈士

很想与他们促膝畅谈一番

烈　士

这很好！我们正想知道灾区人民现在的境况如何。

那只鸽子

大姐，你先讲吧！

另一只鸽子

还是兄弟你先讲吧！

那只鸽子

我来自南方的一座小县城，

十年前的地震让我的主人失去双亲，

面对着墙倒屋塌的惨状我的主人痛不欲生，

我们父辈也为他的不幸悲伤流泪。

就在我家主人感到孤单无助时，

党和政府向他伸出温暖之手，

为他建档立卡，帮他搬到了安全地带，

并及时给了他扶贫创业基金。

可是投资创业并非一帆风顺

由于天干少雨等原因，我家主人种的庄稼收成低，

亏本的阴云搅得他昼夜不宁，

生出了轻生的念头，

唉！

一市民

你小子别在这里唉声叹气的

还不赶紧说说你家主人情况如何

烈士

是啊，你赶紧说呀！

那只鸽子

那时候我虽然年幼，

但看到主人满脸憔悴的样子，

我心如刀割。

就在这时我家主人的帮扶人帮他争取到了

　　第二笔扶贫救急贷款，

并给他介绍了一位知名农林专家。

那市民

听完你主人创业脱贫的故事，我感慨万千，

真想去看一看他那硕果累累的种植园，

顺便向他讨教一些成功的经验。

诗人

我也有同感，不知除他之外，

其他灾区人民是否也获得了新生的力量？

烈士

是啊，

灾区人民的生活一直挂在我心头！

那只鸽子

这叫我怎么说呢？

另一只鸽子

实事求是，这有什么不好说的？

那只鸽子

我不是当事人，说出来不全面也不深刻，

不过临来时，我那主人给我准备了一首庆国庆的

　　小诗，

我读出来给大家听一听，如何？

那市民

太好了！以诗会友，我们洗耳恭听！

那只鸽子

国庆的钟声渐渐响起

我站在家乡山冈静静聆听

在这沉郁雄浑的钟声里我似乎看见

祖国母亲那温暖慈祥的脸

还有那双伴我成长助我脱贫致富的手

家乡的水呀，你们如此愉快地流淌着

可曾回想起当年那突如其来的惊天一幕？

我没有忘记！尤其是当我回想起那地动山摇的早晨

你们被倒塌的山石堵住了去路

而我面对着墙倒屋塌的惨状失声痛哭

因为那里面掩埋着我亲爱的父母双亲

就在我的一只脚被压在地里无法动弹的时候

一队年轻的子弟兵徒步奔驰而来

我的生命因此而得救

人民至上生命至上的理念，从此铭刻在我们新时代

　　儿女的心中

国庆节的钟声响起，获得新生的我

心情是多么激动欢畅！
脑海中不断出现那些曾来助我成长助我脱贫致富的
　　　好人的
　　　　可爱的脸庞，感恩的心在这里祈祷
节日祝福在这里升华
像一盏盏明灯引领灾区人民大步走进小康

市民

没有啦？

那只鸽子

没有了

市民

这诗儿写得短了些
我很想知道那里的现状和面貌

烈士

我们也很想知道
哦，诗人！你回去采风

灾民的情况想必你也能知道一二
何不用你圣洁的诗句描述一下那里的情景

市民
是啊，我亲爱的诗人

诗人
既然大家这么关心那灾区的情况
那我就把我上半年去那里采风时的
所见所闻所感向大家描述出来吧
我站在高高的山崖上俯瞰
十年前的废墟还清晰地仰卧在青松翠柏之间
地震博物馆的牌匾前游人如织
在晶莹的泪光中我似乎看见了
当年那些被自然灾害压垮在
地上的一具具无辜的生命……
是党和政府第一时间派来了救援的人民子弟兵
子弟兵们不畏艰险冲锋到这里
将他们一一救起送到了安全地带
生命得以延续

安全得到保障

在党和政府大力支持下

我们灾区人民离开了一片废墟的故乡

搬进了明亮宽敞的家

灾区人民真伟大

化悲伤为力量迎难而上

努力建设他们的新家

如今旧貌换新颜

一幢幢拔地而起的高楼

可爱整洁的风景树像一队队士兵

昼夜守护着他们的安全和安宁

广场上的大妈正扭动着腰身

哼唱着新时代脱贫致富的赞歌

可爱的孩子们正围着广场奔跑，嬉戏玩耍

巨大的液晶显示屏前聚集着热情的观众

商贩们的叫卖声融入优美的歌声里

汇成了一片欢乐、祥和、自由、富庶的海洋

市民

好！还是诗人的话儿最中听

啊，这位鸽大姐下面该由你来讲一讲了吧

另一只鸽子

不！我们听

市民

怎么了，改变主意了

另一只鸽子

是的，我们今天有幸见到烈士

很想听他老人家讲一讲他们当年闹革命的故事

市民

你这话正合我意

我也想聆听一下他们的光荣历史

烈士

这个？

啊，诗人同志你对我们的历史比较了解

你能不能帮我们讲解一下

诗人

今天能为你效劳，我感到荣幸

市　民

既然如此，那我们就请我这亲爱的

　　诗人把这些革命前辈的丰功伟绩

讲述给你们听！

市　民

这太好了，亲爱的诗人！请你发挥你天才

　　的想象力为我们展现出英雄们的丰功伟绩。

诗　人

行，就从这些浮雕讲起！

你矗立在天安门广场上万众瞩目，

望着你们紧握拳头手拿钢枪的雄姿，

在我的眼前不由得浮现出那段屈辱的历史，

尤其是在鸦片战争以后！

面对腐朽的清政府和一条条割地

　　赔款的条约，你们义愤填膺。

为了寻找救国救民的道路你们漂洋过海，

想从欧洲列强身上学得救国的方略，

你们进行了许多有益的探索，

对于列强的侵略你们深恶痛绝，

并进行了一场又一场有力的还击和反抗！

"戊戌变法"虽然遭到惨败，但六君子的

　　鲜血没有白流！是他们用青春的热血

　　和头颅唤起了人们对祖国的深重思考，

是他们开启了毁灭封建主义的战车，

他们的精神永远活在人民的心中！

为了瓜分我们的祖国，欧洲列强加快了

　　侵略的步伐，人民生活在水深火热之中！

人的尊严受到最大的挑衅和践踏，

腐败的清政府在做最后的垂死挣扎，

"狗与华人不得入内"的牌子竟然挂在光天化日

之下！

为了寻求救国的真理，你们抛家弃小，

不顾个人的荣辱和安危，但是由于思想的
　　　局限和自身的弱点，你们迟迟未能
找到一条真正的出路；"辛亥革命"的
　　　果实被窃取，八十三天的"关门皇帝"
　　　坐在龙椅上得意扬扬！饥寒交加的
　　　民众在奔走哭号，乞求上苍能够帮助
　　　他们脱离苦海！你们奔走呼号却遭到
　　　残酷的镇压，面对血淋淋的屠刀
你们大义凛然，表现出你们的
　　　豪壮和睿智！你们前仆后继，发出
亿万民众追求真理、爱好和平的共同呼声！

随着十月革命炮声的响起，你们终于
　　　在黑暗中找到了一条通向光明的大道！
五四运动揭开了新文化运动的序幕，
军阀的血淋淋的刺刀并没有吓倒你们，
你们勇往直前，冲锋在队伍的最前列。
枪声响了，你们倒在血泊中！
年轻的鲜血呀，你究竟流了多少？
大地，你可知道？为了你的丰饶和

不受列强的凌辱和践踏，一条条
年轻鲜活的生命扑倒在你的脚下！

然而，帝国主义并没有放松对我们的倾轧，
新旧思想也在拼命地厮杀，
军阀混战造成了旧中国一幕幕惨不忍睹

　　的历史，人权受到了最大程度的践踏！
九一八！九一八的枪声是多么狂野，
以至于我现在说出来都感到毛骨悚然；
他们的野心昭然于世，丑恶的嘴脸上
布满了阴森的杀机！为了能够实现

　　他们侵略的梦想，他们网罗了一大批

　　可耻的汉奸特务——他们贪生怕死
将灵魂贩卖，把生他养他的母亲
拱手相让，不顾子孙后代的死活！
是你们！是你们用钢铁的意志、坚强的

　　信念，滋润着母亲屡弱的心田，
是你们前仆后继用青春的热血和手中的

　　小米加步枪捍卫了祖国母亲的尊严！

可是你们的鲜血得不到承认，
先进的思想受到残酷的镇压，
革命的烈火变得黯然失色，
许多无辜的生命惨遭杀害！
白色恐怖笼罩在祖国的上空！

幸亏我们有一个光荣正确的党，
是她领导我们走上了康庄大道！
开天辟地气势宏伟，但其中的
　　艰辛超越了我们以前的所有时代；
井冈山的翠竹呀，请你们告诉我
那山上的杜鹃花是被多少烈士的
　　鲜血染红的？南昌起义的枪声你为什么
　　响得那样凄凉？是不是因为你
　　承载了旧中国太多的苦难？
"星星之火可以燎原"，但愿这句
　　话永远铭记在人民的心中！因为这饱含着
一个伟人对祖国母亲深重灾难的思考。
是他引导你们走上革命的宽阔大道，
"二万五千里长征"世界瞩目，革命的

火种因此而得以保存！

更可喜的是"长征精神"在延安得到

十足的发扬，"自力更生，艰苦奋斗"成为

我们永远学习的榜样！你们抛弃前嫌

以宽大的胸怀与先前的敌人握手一致

　　对外，虽然敌人的阴险让你们受累！

经过多年的浴血奋战，你们终于取得了胜利，

可是血雨腥风的年代并没有因此结束，

因为压在人民头上的"三座大山"还没有彻底清除！

当敌人撕毁了人民渴望已久的和平，

你们被迫举起了手中的钢枪，

踏着先烈们的足迹开始了解放全中国的伟大征程！

那是一个多么宏伟的历史画卷！

新旧思想仍在血雨腥风中碰撞！

反动势力、帝国主义在做

垂死的挣扎，疯狂的程度不亚于

当年法西斯一样歇斯底里。

虽然反动派获得了帝国主义精良的军备，

飞机、大炮、坦克、机关枪！无不显露出
　　他们蛇蝎的心肠！

但是我们有伟大的领袖毛主席，
还有成千上万的人民子弟兵……
他们抛头颅洒热血，把自己的青春
完全奉献给了我们伟大的祖国！
类似南京大屠杀、渣滓洞集中营的惨剧
在接连不断地上演；独裁统治愈演愈烈！
横征暴敛，搜刮民脂民膏变本加厉，
苦难的民众处在水深火热之中，家破人亡
　　的惨剧比比皆是。
工人罢工，学生罢课，
共同反抗帝国主义和反动派的血腥镇压。
苦难的旧中国呀，你的文明被搅得面目全非，
一张张狰狞的面孔在光天化日之下举起屠刀！
虽然敌人像疯狂的野兽咄咄逼人，
但终归没能挽回覆灭的命运；
在伟大领袖的号召下你们万船齐发，
广大人民群众冒着枪林弹雨把自己

仅有的一点粮食送上前线，并把

自己的儿女送进了我们伟大的军队；

终于，你们用正义的枪炮打开了敌人的大门，

把鲜艳的五星红旗插上了城头！

今天是你的生日，哦，伟大的祖国！

为了向先烈们表达我心中的崇敬之情，

我兴致勃勃地诉说了他们那段光荣的

历史，如果你们听得不够满意，

请你循着这碑上伟大的浮雕进行

及时补充和指正，亲爱的市民！

市　民

诗人，你不必谦虚，我们听得清楚，

从你宽广的胸怀里弹奏出的音乐篇章

是多么让人心醉！

你不必拘谨和含蓄，

我们要求你成为我们时代的歌手，

把祖国日新月异的变化叙述出来！

人民英雄纪念碑

是啊！我们很想知道！

因为我们的眼睛曾被灰尘遮掩。

7

诗　人

既然这样，那好，恭敬不如从命。

为了建设我们的祖国，我们的先辈

　　进行了不懈的努力和尝试，

在前进的道路上我们的先辈走了一段弯路，

但他们的崇高理想和

　　优秀的品质永远值得我们学习！

尤其是当我们回想起"抗美援朝"之后

　　那段艰难的岁月……

由于旧中国数十年的混战，

我们的祖国变得饥寒交迫

人民的生活水平几乎降到了谷底

为了尽快改变一穷二白的现状

我们的领袖亲自下乡访贫问苦

带头吃糠咽菜跟人民群众一起

　　　度过了那三年困难时期。

在随后的五年建设计划中

我们实事求是、脚踏实地不仅干出了

　　　　成绩而且涌现出了一大批

　　　　可歌可泣的英雄人才

譬如大庆油田的王进喜

乐于助人的战士雷锋

草原英雄小姐妹

全心全意为人民谋福利的好干部焦裕禄

哦，还有"两弹一星"的科学功臣

　　　钱学森，邓稼先……

不过在前进的道路上总是一波三折，

"文化大革命"遮蔽了一代人的眼睛。

给我们刚刚兴起的工农业生产蒙上了

　　　一层厚厚的灰尘。

直到有一天，

当一个巨人登上历史舞台，

一个伟大的时代宣告来临！

改革开放逐渐深入人心，

责任田使亿万农民受益，

稻谷飘香，累累硕果挂满枝头；

科技的发展拉近了与世界的距离，

我们研制的宇宙飞船飞上太空！

原来的荒山变成了金山银山，

一排排高楼拔地而起，

原来的小乡镇变成了绿色环保的大都市，

"楼上楼下，电灯电话"不再是白日梦，

冰箱、彩电、洗衣机、轿车纷纷

　　　进入寻常人家，琳琅满目。

而孩子们围坐在那边上正大口大口地

　　　喝着牛奶和咖啡，嚼着口香糖，

小脸上无不洋溢着新时代丰衣足食甜蜜的微笑！

改革开放的春风是多么神奇清爽！

她不仅照亮了我们中华民族前进的方向，

而且孕育了我们新时代从温饱

　　　走向建成全面小康的华丽篇章！

而这最应该感谢的就是

伟大、光荣、正确的中国共产党！

是她带领我们发愤图强勇敢直上，

实行了一系列的富民强国的好政策。

尤其是当前"大众创业，万众创新"的伟大号召，

更是激动人心让人们切实地感受到了

　　社会主义国家人民当家做主制度的优越性！

革命前辈你们不要担心着急，

更不要听那些小虫子在你们耳边瞎嘀咕。

我们的党和政府不仅大力发展高科技，

而且正在加强社会主义精神文明建设。

"不忘初心，继续前进"就是最好的例证！

为了尽快实现前辈们当初建党时的梦想，

我们的党和国家为农民兄弟制定了

　　一系列的富农、强农政策，

并从城里选派下来成千上万的干部

　　对农村贫困户进行面对面地帮扶。

如今脱贫攻坚工作已经取得非凡成就，

在那农户的田间地头建起了

　　一座座丰饶而美丽的牧场和种植基地。

现代农业与文化旅游业的结合不仅

让农民兄弟增加了收入，而且树立了

社会主义农村的新风尚新形象，

让人民看到了脱贫致富奔小康的曙光，

尝到了乡村振兴所带来的实惠！

农家乐、农业示范园还有其他文化旅游项目

雨后春笋般活跃在城市与乡村之间

形成了

一张亮丽的风景明信片！

农民兄弟不再因为城乡之间的差别而苦恼，

可以在自家的田园里装一两台电脑，

把自家刚生产出来的粮食作物上传到

互联网平台进行推广售卖……

我们祖国日新月异的变化让世人瞩目，

"人类命运共同体"的提出更是赢得了

世界各国人民的钦佩和尊重！

互联网、大数据等高科技的应用拉近了

我们跟世界各国人民的距离，增强了友谊。

而"一带一路"的建设不仅

接通了世界各国的贸易，

而且弘扬了我们中华民族"丝绸之路"

　　　的历史和优秀的传统文化。

最让人津津乐道的还是我们的航天事业，

还有那海上的我们自主研究制造的第一艘航空母舰！

不信，瞧！

那航空母舰上的舰载机正在启航，

飞上高空精神抖擞地保卫着

　　　我们祖国的海疆！

而我们的航天员正在整装待发，

即将驾驶着心爱的宇宙飞船，

飞上太空实现我们中华民族飞天梦想！

人民英雄纪念碑

你的叙述是多么的神奇而宽广！

以至于我们这些

　　　手拿钢枪的人心潮澎湃，恨不得

　　　马上跳下去与你拥抱，成为你们中的

　　　一员！唉，可惜我们已化成永久的浮雕。

祖国，祝贺你取得现在的成就，

我们要代表无数先烈向您表达最诚挚的

　　祝愿！

我们站在这里并不感到孤单，

尤其是当你们帮我们

把眼前的迷雾和

　　污垢清除后，我们的眼睛又恢复了，

往日的明亮和光彩，望着广场上鲜艳的

　　五星红旗，我们心中充满了豪迈！

站在这里我们目睹了整整三个时代。

面对新中国成立时贫困的景象，我们

　　心情沉重，真想跳下去为祖国贡献最后的

　　力量，可是！唉，我们已化成了永久的雕像。

"土地改革"使我们心潮荡漾，因为我们

想起了白发苍苍的爹娘和无数乡亲父老；

看到他们分得了田地，脸上露出了笑容，

我们感到无比喜悦，因为

我们所献身的理想得到了初步实现。

"大跃进"虽然不可取，

但它是不可抹去的一段历史。帝国主义的

　　封锁并没有阻断我们伟大的祖国同世界的联系，

我们发愤图强，积极向上，

爬雪山、过草地的精神又得到发扬，革命者的
　　优秀传统为我们的传家宝。
"两弹一星"和大庆油田的开采，
使我们逐渐摆脱了一穷二白的局面，
社会主义建设获得了稳固和长足的发展！
……
这广场上逐渐恢复了往日的欣欣向荣，
放风筝的人越来越多，望着那一张张
　　活泼可爱的笑脸我想起了我那苦难的童年；
十岁不到就被迫成为地主的奴隶，
生命犹如草上的冰霜随时可能消失。
诗人，感谢你为我们描述了祖国的日新月异，
感谢你告诉我们已赶走了苍蝇和蚊虫，
但是你们不要掉以轻心，它们只是暂时
　　被撵走，因为它们都是善于伪装的高手。
帝国主义虽然被赶走，
但它们是僵而没死的百足虫，霸权主义
　　是它们惯用的伎俩，
那侵略者的眼里还闪着可怕的蓝光！
但愿你们高歌猛进，不要让可怕的历史重演。

市　民

革命前辈们的嘱托我们谨记在心，

你们的遗志和教诲我们丝毫没有忘记。

"不忘初心，继续前进"便是

　　　　其中最好的例证……

公务员

是啊，为了早日实现前辈的梦想

我们的党和政府始终如一地

　　　堅守着马列主义、毛泽东思想，

并结合我们的国情加以创新和发展，

形成了中国特色

　　　社会主义理论；

它们就像一盏盏明灯照亮了我们前进的道路！

尤其是来到了现在这个新时代，

有国有的企业，

有活泼可爱的民营企业，

它们的真诚和团结合作促进了

　　　世界经贸的发展与交流，从而

实现了"人类命运共同体"的和谐与安宁！

在这多姿多彩的世界里，

我们不忘初心，勇敢担当。

社会主义核心价值观

　　提升了我们中国人的素质！

一烈士

同志！请你不要把话说得太笼统，

我们出生在旧中国旧时代，思想有些保守，

你们能不能把话讲得既简单又朴素，

让我们听得一清二楚？

公务员

行！那我就长话短说，

讲一讲前不久召开的"十九大"。

为了增强人民的获得感、提升幸福指数，

我们的党和政府又出台了一系列的减税的

　　好政策，而且打响了

　　脱贫攻坚战，确定了乡村振兴路线图和时间表。

如今随着改革开放的进一步深化，

我们祖国的各行各业人民更加奋发有为。

尤其是在新时代中国特色社会主义思想光辉的
　　照耀下团结一致、凝聚力量
将国民经济提高到了世界的前列！
更让人欣喜的是几个经济新区的
　　建设取得了瞩目的成就，
譬如，雄安新区
　　刚刚建成通车的大湾区经济带。
瞧！那港珠澳大桥是多么
　　雄伟壮丽！远远望去就像是
两条金龙横跨在香港、珠海、澳门
　　　三地之间　零丁洋上
又如几道亮丽的彩虹倒映在碧海蓝天之间。
啊！祖国，你真伟大！
在经历了五千年的历史变迁之后，
你正焕发出你那青春的
　　　热情和活力，让世界为你喝彩
为你的存在而感到骄傲与自豪！
因为你给世界带来了公平、正义和精彩，
还有那博大精深的中华传统文化。
哦，万丈高楼平地起！

全面建成小康社会是我们几代人的梦想

如今就要梦想成真，

前辈们是不是也要为我们这个新时代欢呼雀跃？

人民英雄纪念碑

这是理所当然，尤其是在这个喜庆的日子里

我们要向你们这些来自各行各业的

　　　建设者道一声谢谢，你们辛苦了！

市　民

哦，最应该感谢的是你们！

我们最敬爱的革命前辈！

老　汉

是啊，如果没有你们这些前辈

我们这些老百姓就看不到新中国

恐怕还处在落后挨打的水深火热之中！

一烈士

依我看你们最应该感谢的是他们科技工作者！

如果没有他们的辛勤研究开发

你们的"四化"建设就将成为泡影

科技工作者

不，我们的成就离不开企业的支持推广，

你们最应该感谢的还是企业！

企业领导

哦，谢谢！不过我们觉得

最应该感谢的还是我们的客户，

如果没有他们的需求

我们的企业哪来的资金和效益？

客户代表

啊，谢谢，谢谢！

你们的话儿都有道理，不过

也不完全正确。，

因为我们的购买力和需求水平的提高

离不开现在的好政策，

因此你们最应该感谢的还是

领导我们发愤图强的党和政府!

公务员

哦，最应该感谢的是你们大家

亲爱的人!

如果没有你们大家的支持和拥护

我们就会成为无源之水、无土之木!

诗　人

你们都别争了，你们说得都有道理，

不过依我看，我们现在最要感谢的便是祖国!

是她把我们凝聚到了一起组成了一个大家庭，

也是她教会了我们团结一致万众一心

一起走上了富强、民主、文明、

　　和谐、美丽的社会主义康庄大道!

游　客

哦，等一下，还有我们呢!

诗　人

啊，你是谁？

市　民

哦，他是我亲戚，

一个来自宝岛台湾的商人。

诗　人

哦，是你呀，尊敬的贵客。

欢迎你，我亲爱的同胞！

台湾游客

谢谢你，可爱的诗人！

方才听了你们之间的对话，我这心里

　　就像是刚打开了两扇门

感触颇多。

真想和你们一道

沐浴着改革开放的春风

共同实现我们中华民族的伟大复兴。不过……

诗　人

不过什么？请兄弟你有话直说

我们愿意洗耳恭听！

台湾游客

不过……我们之间不仅隔着一条

　　　长长的海峡还隔着不同的制度

我们恐怕永远搭不上你们

　　　高速发展的列车

只能是站在一旁望洋兴叹了……

诗　人

亲爱的同胞，你们的顾虑不是没道理，

不过我们同根同源

而且血脉相通都是自家人。

公务员

是啊，亲爱的台胞兄弟！

我们居住的地方虽然隔着一条

　　　海峡，但隔不断我们同根同源

血脉相连蕴含着血浓于水的亲情和
荣辱与共的中华民族之命运！

诗　人
是啊，台胞兄弟！
哦，这位兄长说得没错，
我们同根同源都是自家人，
制度上虽有差别，
而两岸人民的心声不是骨肉分离更不是
　　搞分裂闹独立，而是
认祖归宗、携手共进共同走进
　　祖国母亲的怀抱，同心同德
　　建设好我们的祖国，实现我们中华民族
　　伟大复兴的中国梦，让两岸人民都能
　　过上幸福、和平、安康、文明、和谐的
　　美好生活……

台湾同胞
可是……我们中间毕竟隔着海峡

诗　人

这没有太大的关系，

我们可以在祖国母亲的统一指导下，

我们一起努力

兄弟，你们看如何？

台湾同胞

诗人的话儿就像天上的启明星

　　照亮了我的心胸！

是啊，我们同根同源

　　同是龙的传人，

认祖归宗的确是我们台胞的心愿和梦想。

首都市民

欢迎你们，亲爱的同胞！

让我们一起沐浴新时代的春风

再次启航，给世界带来幸福与和平！

台湾同胞

哦，我们看见美好的未来，不过在我们中间

还隐藏着一些可怕的阴影……

首都市民

哦，我们明白了！

在那阴影里也许还有一些

  害虫与恶鸟

但那不过是历史遗留下来的

  尘渣

阳光普照着大地和海洋，

那阴影必将被消灭，

和平、统一的钟声必将随着祖国母亲

  改革开放的春风四处荡漾！

台湾同胞

兄弟，你的话儿是多么善良而中肯，

让我想起了我们过去那段被西方列强

  压迫的历史……

是啊！我们同根同源本是一家人

何必受那阴影的摆布而弄得隔海相望

  骨肉分离？为何不能回归祖国母亲的怀抱，恢

复我们

　　中华民族的优秀传统和历史？

诗　人

是啊！我们本是一家人，何必受那阴影的摆布

台湾同胞

是啊！我们生活在那阴影之下战战兢兢
时常在黑夜里惊醒，想念我们的

　　祖国母亲！

首都市民

既然这样，那你们为何不付诸行动
赶走那可怕的阴影和害虫
跟我们一道沐浴着祖国母亲改革开放的

　　春风，登上新时代的列车
撸起袖子加油干一起实现我们

　　中华民族的伟大复兴的中国梦，

　　过上幸福、美好、和平又和谐的快乐生活？！

台湾同胞

你们的邀请正是我们的心愿……

诗　人

今天是我们祖国的生日，

关于那阴影的事我们暂且不提。

让我们共同携起手来走进新时代，

分享我们共和国改革开放带来的成果！

兄弟你看如何？

台湾同胞

兄弟的话儿说得多么真诚，

我仿佛看见了祖国母亲慈祥的笑脸……

首都市民

既然这样，那你们还要犹豫什么？

还不赶紧踏上祖国新时代的列车，

一同走进我们新时代的怀抱，

齐心协力地撸起袖子加油干，尽快

实现我们中华民族伟大复兴的中国梦?！

诗　人

兄弟，你别再犹豫了，

赶紧跟着我们一起走进新时代，

让和平之花开满人间！

人民英雄纪念碑

对！还是诗人的话儿说得合情合理！

那好！我们现在何不在这大团结的喜庆日子里

向我们的祖国母亲道一声：

祖国，你好！

市　民

对！

祖国，你好！

你辛苦啦！让我们大家共同祝福你

永远安康、美丽，更加繁荣富强！

诗　人

祖国，你好！但愿你能听见

　　我们这些儿女的心声。

让我们谨记你的教诲，

更加紧密地团结在

　　以习近平同志为核心的党中央周围

努力奋斗！

把祖国建设得更好更美丽！让人民获得永远

　　的安宁和幸福！

先烈们请安息，

我们会把祖国建设得更合乎民意，请你们放心，

我们中华民族伟大复兴的中国梦一定能在

　　我们这一代成真！

并且还要引领着世界各族人民一起

走进和平、友善、富裕、文明、和谐的

　　世界！

亿万人民

诗人的话语是多么温暖有力量，

我们似乎听见了新时代再出发再起航的

　　号角，

心情是多么激动和自豪！

祖国，你真是好样的！

我们要为你欢呼！

要为你歌唱！

更要为你上下五千年的悠久历史和

　　灿烂的传统文化点赞！

尤其是在这样一个喜庆快乐的日子里，

我们还要为你的改革开放精神

　　引吭高歌，深深地祝福你

并轻轻地呼唤你的名字，道一声：

祖国，你好！

秋晨

　　如果说，春的早晨像个花枝招展的少女，那么，秋晨则是一位妩媚而温存的妇人，既有婀娜多姿的美丽，又透出中年人的成熟与深沉。

　　一束金色的阳光照射到河边的杨柳树上。一群俏丽的少女来到河边洗衣服。她们小心翼翼地卷起裤腿，怯生生地把脚伸进略带凉意的秋水中。静静的河水被她们搅起了波澜，碧绿的河水荡起了层层涟漪……

　　太阳渐渐升起来了，万物都沐浴在金色的阳光中，默默地品尝着阳光的温暖。

　　秋天的一个早晨结束了，人们又开始了紧张繁忙的工作！

依依惜别

　　天灰蒙蒙的，被青灰色帷幕压得很低很低，像要遮住整个人间的光明。寒风轻轻地吹起，枯瘦的枝干颤抖着，发出低沉而又嘶哑的声音。

　　我站在屋檐下，抬起沉重的头，默默地望着眼已红肿的母亲，我张开嘴巴，想说几句，可是只能发出粗重紧促的喘息，没有任何声音。灯光在寒风中摇曳着，黑暗吞噬着本来微弱的光亮，只剩下一缕缕若有若无的星光。

　　母亲，让我再叫您一声吧！请您收住快要流下的泪。这寒风虽然令人战栗，但这毕竟是初春的风；这灰蒙蒙的阴影虽然可怕，但这只是黎明前最后的时分。

　　为了春天满园的花香与明晨冉冉升起的朝阳，我走了。

　　再见了！亲爱的妈妈……

哭泣吧，故乡

哭泣吧，故乡！当我站在

　　你宽厚的肩膀上极目四望

一排排林立的高楼像天柱般耸峙

蚂蚁似的人群在它们之间缓缓游动

泛滥的洪水已淹没了周围的村庄

在浑浊的波浪中我努力寻找着

　　你往日的模样。沿着一行模糊的脚印

我似乎来到了一个春意盎然的地方

那时我还不到一米高，瘌痢头

在阳光闪耀下，像黄蜡一样

早晨起得很早，啥事不干

手拿一根长长的竹梢边走边唱

池水清冽，岸边的垂柳伸展着细长的

柔臂，薄雾笼罩在粼粼的波光上

我将钓竿伸向池中央

平静的水面上泛起一道道涟漪

就在这时候，几个小伙伴匆匆走来

肩上扛的钓竿拖得很长很长

大家欢声笑语，惊得林中鸟仓皇飞逃

快乐的时光啊，我不能忘记

尤其是这样美好的清晨

小伙伴们在池边争抢着钓食和钓竿

一阵阵花香从对岸传来

成群的蜜蜂嗡嗡地叫个不停

于是有几个捣蛋鬼就爬到树上

去攀摘那细细长长的柳枝和嫩叶

将它们编织成一顶顶绿色的帽儿

戴在自己的头上或挎在自己的腰间

"杀呀！冲啊！敌人来啦——"那瘌痢头

突然把手中的钓竿抛下，手持柳条

高声喊叫道："驾！驾！"一面嚷一面把

　　手中的长柳枝夹到胯下，飞快地跑起来

身后立即扬起一片片烟尘

"冲啊！我们一起冲啊——"

小伙伴们看了心花怒放，纷纷跟上

于是在他们身后又扬起了片片烟尘

就在他们玩得兴起的时候

一个妇人朝这边急急赶来

"你这浑小子！竟把新裤子剐破了……"

"妈，这不是我剐破的，是马头给拱的。"

"狡辩！小小年纪竟学会了狡辩……"

母亲严厉地批评他，他羞愧得低下头

一只手提着裤子，一只脚在地上

　　不停地画圆圈，一个又一个

"别发呆了，赶快回家去吃饭！"

他如蒙大赦，飞快地跑到池边

把倒在水里的钓竿捡起来

"同志们！我们冲啊——敌人被我们打垮啦……"

待母亲转身，他就欢天喜地地

　　蹦跳着，用手中的柳条拍打着地面

一面大声嚷叫着，于是在他们

　　小小的背后又扬起一片片烟尘

在阳光下它们闪着金光

像群小蜜蜂振动着它们可爱的翅膀

吃罢早饭，痾痾头与伙伴们会合

向村庄的对面——一条小河前行

时不时地向身后张望

河堤绵延粗壮

像两条青蛇盘踞在辽阔的平原上

岸边的垂柳，像绿色屏风

排摆在你宽厚的肩膀上

河中央耸立着绿色的沙舟

金色的阳光洒满绿地和树梢

初升的太阳映照在波光粼粼的水中

淡蓝的天空中漾起活泼可爱的笑脸

我不会忘记，那样快乐的情景

成群的鱼儿向我们缓缓靠近

看着它们可爱的游姿，我们心情激动

纷纷举起冰凉的小手互相致意

"今天中午可有好吃的了！"

于是我们屏住呼吸

待那些鱼儿早早地进入

我们刚刚拢起的沙舟

当我们轻轻移动脚步，

它们就像闪电般划过清澈的浅底

明亮的水珠溅了我们一身

于是我们重新在清凉的

沙滩上挖掘起沟渠和陷阱

一次又一次，累了便在水中

    翻筋斗，弄不好就在水中闹成一团

你揪我耳朵，我扯你胳膊

黄昏时分更难忘，小姐弟们

    不约而同地爬上那高高的沙舟

扑通扑通地跳进河中

留一个看守的，她泪眼汪汪

是一个小姑娘，她噘着嘴

用手搂抱着衣裳，一面用眼

警惕着河那边的动静

偶尔也回过头来朝河中

嬉游的姐弟们张望

平荡荡的河面上残阳泛着波光

岸边的金柳向河心伸展着

那柔嫩的手臂，溅起的浪花

像珠串挂在萝卜头上

另外几个正龇着牙呵呵地傻笑

看那场因她们而起的"战争"

他们越战越勇，几只小胳膊抡得

像车轱辘，更像一对对戏水的鱼鹰

在金色的阳光下

拍动着它们秀长的羽翅

小姑娘泪眼蒙眬，真想跳过去

参加他们的阵营

可是她不能忘记自己的使命

姐弟们的拳脚功夫可不是闹着玩的

正在她干巴巴地望着出神的时候

一个大孩子不知啥时走到了

　　她的面前。她吓得连连后退

"给我！"那大男孩用严厉的声音说。

"这怎么行?! 是他们的衣裳。"

她死活不肯松手，把手中的衣衫

紧紧抱在自己的胸口

"快给我！要不然我可要打你了啊！"

"不行！这衣裳是他们的，不是你的！"
小姑娘依然不肯，小嘴唇咬得更紧。

于是两人就打了起来，结果
　　那女孩被揍得鼻青脸肿
衣裳就这样被抢了去
她只好战战兢兢地跑过去
向姐弟们诉说这不幸的消息
然而，她一连喊了几声
也没有人搭理她，因为他们正忙着
他们的游戏，他们在河水里
玩腻了，便爬到沙洲上狂跑起来
金黄的阳光照耀着清凉的大地
他们那小小的身躯光洁、纯净
像一只只白鸽拍动着纯洁的翅膀
"冲啊——中国人民解放军胜利啦！"
他们挥动着小拳头，乌黑的小脑袋上
戴着用杨柳枝编成的帽子
激昂的喊叫声一浪高过一浪
吓得归巢的小鸟四处奔逃

几只红蜻蜓在他们腰臀间穿梭

薄雾像青纱般萦绕在他们纯洁的胸间

他们欢笑着像一只只白鸽

光阴荏苒，我们渐渐长大

昔日的小伙伴纷纷进了学堂

带着希望和梦想烂漫的童真仍在继续

牛背上的芦笛快乐地响起

没有电视，但我们有父亲坚实的臂膀

背着我们去圣地——电影院

那儿有欢乐的人群有笑声

没有玩具，我们有你肥沃的土地

泥土是你最好的馈赠，我亲爱的故乡！

啊，亲爱的故乡！我日复一日思念你

尤其是在黑夜来临之际

清澈的小河像绿色的飘带萦绕在梦乡

粼粼波光中我常看见你往昔可爱的面庞

池水清冽，岸上金柳莽莽苍苍

碧绿大地稻花飘香

成群的燕子拍动着翅膀

小伙伴手牵手，一路欢唱

牛背上的芦笛又轻轻吹响

悦耳的蛙声挣脱鸟语的羁绊

红日斜挂在天边

金色的阳光把大地镶成金黄

童年的欢笑仿佛又回到我身旁

可爱的故乡，你为何叫我们长大？变成了

现在这般模样？老成世故而又彷徨！

哭泣吧，故乡！为我的丑陋和渺小

光阴荏苒，而今我已老迈

思乡的情怀与日增长

被世俗老化的心灵已接近尾声，背驼腰弓

几十年苦苦攒下的钞票比手纸更绵长

在人群的海洋里并不比一根小草重要

可是没有它，我这生命应该到哪里去寻找

哭泣吧，故乡！

站在你宽厚的肩膀上我极目四望

一排排林立的高楼像天柱般耸峙

蚂蚁似的人群在它们之间蠕动

肆虐的洪水到处泛滥

前方的天空怪诞离奇

阴黑的雨点像冰柱斜挂在空中

瘦弱的阳光零乱地洒在浑黄的水面上

污黑的脏水像溪流奔腾而下

成堆的垃圾像山矗立在水中

各种死鱼排摆在公路的两旁

鱼鹰正成群地站在上面抢夺腐食

一个个泥人就像我们远古的祖先

打陀螺、踢毽子也是我们拿手的游戏

没有好吃的糖果我们可以

　　　到邻居家的院子里采摘

桃子梨子什么都有

把荷叶遮在头上是为了逃避罪责

故乡啊！你给我多少神圣的夜晚

　　　和清晨！在你的怀里我听不到

尘世的喧嚣和烦恼

光阴荏苒，我们渐渐长大

昔日的友伴纷纷踏上尘世的征程

我也跨上远行的列车

在那儿，布满了鲜花和掌声

无数珠宝闪着明亮的眼睛

向人们昭示自己的美丽

欲望的小溪汇聚在她们脚下

成排的陷阱像一座座暗堡

隐藏在她们身旁

可是我们甘愿上当

虽然美丽的花朵只有几片

尘世的烦恼将缠绕我们终生

因为我们真想享尽人间的美好

霓虹灯下我们一起欢唱

绝不吝惜生命，哪怕灵魂在哭泣！

……

哭泣吧，故乡！

站在你宽厚的肩膀上我极目四望

探望

今天，我想去探访我的恋人
可是，大雪已经封住了道路
不过这没有关系，因为
我有一对结实有力的腿

屋外的空气多清新！滴水成冰！
路上行人寥寥，深夜的严寒
躺在皑皑白雪上久久不散
北风啊你尽情地吹吧
我要赞美你！因为你的寒冷
更能衬托出青春热血的珍贵！
我抬腿，我举步！只要你用力
扫除那路边的迷雾和蒺藜
心啊，你为什么要跳得这么急？

你心爱的人不就坐在那里？

不！你别催！因为现在正是她

上班的时间；不信你瞧

那屋子里挤满了人。

转身要走却始终挪不开步

糟糕的是那里面的人看见了我

尤其是店老板那双炯炯有神的

　　眼睛。于是我踌躇着往里面走

打字社里面我并不觉着冷

但是我的双腿在不停地抖动

里面的人多是些老主顾，有我

　　认识的，也有我不认识的生面孔

他们都是些肚里装墨水的人

他们中

有公司经理、厂长和民营

　　企业主以及县政府有关机构的

负责人，他们或坐或站，

有几个抽烟，有几个眉头紧锁

我不想看他们如何做报告

如何填写协议合同书，一心
　　　只想着如何窥探我身边的恋人
此刻她正端坐在电脑前
目不转睛地看着电脑屏幕

我很生气！她坐在那里始终不
　　　瞧我一眼，这个无情的人！
令我气愤的事不止于此
看着昔日白皙柔嫩的小手在
　　　键盘上弹奏出一份份庸人的
　　　材料以及她职业化了的、
　　　机械的、毫无生气的面容
我的心灵受到了巨大的震动

当一个人被机械化了的时候，
他（她）还算得上一个
真正完整的人吗？我忽然想到
"假如一个人永远像这样下去
那将会是一个怎样的人生？"
我害怕了，看看周围的人

他们有的西装革履，有的身穿

厚厚的棉衣，方面大耳

红光满面，额头上

折射出白日的光辉，看着

　　他们手中的材料我失去了

往日的激情和清高

若不是

理智控制着我真想上前撕掉

那些使灵魂得不到自由的东西

是你们！是你们使我的恋人

失去了往日的天真和活泼

我愤怒，我要和你们拼命！

可是，唉！我们凡人在未死

　　以前，生活总不会放松对我们

的压榨和欺瞒……唉！不如

先到外面遛一圈，透口气再说

谁承想，逛商场、走马路

一共花去了我三小时，看看表

吓我一跳，赶紧掉头往回跑；
路上我跌跌撞撞，不小心把
额头上撞了三个大肉包

屋里静悄悄，社长室关着门，
打字机的响声听不见
那些平庸之辈也没了踪影。
我感到纳闷，禁不住用手
推了推门——是虚掩着的！
我的心怦怦乱跳，脸上好像
　　起了火烧云，脚步踉跄。

在客堂里面我没见到我的姑娘，
在社长室里面也没找到她；
最后，我轻轻推开打字间的门，
看到她正伏在打字机旁，眼睛闭着，
一摞文稿正压在她头前的铁夹上；
她是正在干活的时候睡去，
多么可爱！瞧她优美的睡姿。

我在她的身旁坐了下来，
自思自忖，是否要把她唤醒。
于是我细看那美妙的安宁
她的脸颊显得娇媚可爱
她的嘴唇现出无言的贞淑
她那一颗纯洁善良的心
在她的胸膛里面不停跳动
她那长满黑发的头舒舒服服地
放在臂弯里，轻微的鼻息
从她秀美的鼻子里传出

我欣然坐在那里，我的观察
用神秘的锁链紧紧束缚住
我的欲望，不将她唤醒
我想，你这位恋人，这种容易
　　　把一切伪装暴露出来的微睡
不会有损于你，有所暴露
正说明你内心纯洁和天真

你的可爱的眼睛紧闭

此刻，我不需要你睁开

你的甜蜜的嘴唇也不要翕动

你那平素拥抱我的手臂

这种魔绳现在可以松弛

你的双手，一对迷人的手

现在也可以安然不动

因为

成年累月的

辛劳是多么让人疲倦

尤其像她这样年轻的姑娘

请允许我放弃

方才的想法。

我如何能怪她？

在这人世间谁能摆脱劳作的

　　困扰？

何况是她，一个既平凡

　　又普通的打字员？

让她安宁一会儿吧！

我这样坐了许久，对她的价值

　　　　和我的爱情感到由衷欢喜
她的睡态使我这样喜爱
我没有勇气把她唤醒
我轻轻地拿出两瓶蜂蜜
　　　　和两枝玫瑰放在她的桌上
然后静静地、静静地走我的路

她如果睁开眼睛，定会
　　　　看到这种鲜艳的礼物
感到惊讶，门没有开
这些亲切的礼品从何而来？

今夜我还没有捧碗吃饭
那可爱的电话铃就会
　　　　响起来，并且越响越欢！

悲歌

天堂的钟声在空中响起

我的悲悯将得到自由的歌唱！

如今那狂热的风暴渐渐远去

教我如何面对那场衰落的爱情？

你不必欢喜也无须忧伤

这场闹剧应由我一人承担

别再迟疑！赶快纵身跳上世俗的

　　列车追赶你既定的目标

别管我，我没有忧伤，只有

　　懊悔的泪水在脸前汩汩地流淌

泪光中我仿佛看到你可爱的面庞

相识的情景是多么令人难忘！

那时的我正住在一个荒凉的地方

那里有青草却没有鸟语和花香

你的出现犹如天边的彩虹

在我心中投下美妙的幻景

尤其是当我第一次坐在你身边

看你轻盈的小手在键盘上

弹奏出我辛苦创作的诗篇

那份喜悦令我终生难忘

像大理石上的碑文铭刻在心！

平庸的小人啊你无权嘲笑一个诗人

因为你们早已失去了灵魂，空洞的

　　头脑永远装不下火热的激情

愚昧无知注定你永远过着

行尸走肉的生活！

你们尽可以笑

但不能拿脏水泼诗人的心灵！

姑娘，你走吧，别再犹豫！

既然你选定凡庸的小路

我没有仇恨，只有爱你的心灵

我不会抱怨，谁叫我多情？

我不会诅咒，心里只有默默的
祝福和永远牵挂你的脉脉深情
在人生的旅途中你要记住
世间的真情难能可贵

平庸之人你不要偷偷地笑
我的叮嘱是完全必要！你们的手法
　　太陈旧，欺世的伎俩也不高明
不学无术是你们的拿手好戏。
我要诅咒你们这些龌龊的小人！
是你们把肮脏的思想灌输给了
我心爱的人
是你们用粗俗的
　　手污染了她纯洁的心灵
是你们教会了她苍白的人生
是你们用肮脏的牙齿
咬断了我和她用情丝编织成的情网！
我要诅咒你们这些浑身长满黑毛的家伙
让地狱的烈火时时在你们床前燃烧！

快点走吧，姑娘！我不想你看见

我忧伤而痛苦的神情和汩汩流淌

　　的泪水，也不想多看一眼你那

　　忧郁而无奈的表情

是的！我现在的心情十分

　　烦乱悲伤，和你一样！

但是我能挺住，虽然心里充满了忧伤

你听见了没有？

那平庸的齿轮

正在无情地摩擦滚动

还有我那熟悉的妹妹的哭声

你听见了没有？

我内心的狂澜在翻涌，在深夜里

在茂密的丛林中，在猫头鹰的同类中

我的哭声是多么凄凉！正如

　　沙场上一面面硕大的战鼓和

　　冲锋号汇合成的巨大声响！

列车渐走渐远，姑娘的哭声越来

　　越小，我的心啊如同刀割一般

难道这就是世上相爱人的结局?

这就是山花烂漫后所留下的痕迹?

既然这样

为何要把爱情殿堂设置得那样美丽?

我头脑发昏,眼前金光乱转

步履沉重,像一个八十岁的老太太

　　　佝偻着背走在孤寂的路边

如果恋爱的能力、被爱的愿望

　　　都已完全丧失,消逝无踪

那人活得还有什么意义和价值?

如果爱情能鼓舞钟情的人

在我身上已显出端倪,初露光芒!

平庸的人啊你可知道

她的出现犹如天边的彩虹

给我带来希望——使我淤积已久的

灵感得到释放;胸中的激情

　　　得到充分的燃烧和完美的体现

她有权生活得像缪斯一样快乐自由!

世人啊你不能把她带走

她是我的人!是缪斯女神的

孪生姐妹，求你们别把她带走

我已经远离！——一种内心的苦痛
沉重地压在我的身心
在我苦闷、空虚、荒凉的心中
四面环顾，全是恐怖的幻影
眼前的时刻，该怎样安排？
我无法回答出来，她给我
　　许多灵感，使我的创作臻于完美
现在却成为我的负担，我要摆脱掉
不可克制的怀恋在追逼着我
除了无尽的眼泪，别无良谋

就让它自由地流淌吧！可是内心的
火焰无法扑灭！生与死在我心房里
拼命地厮杀，我的心房仿佛就要碎裂
药草虽能治疗肉体的痛苦，但无法
　　驱散我心灵上留下的阴影
它还缺乏理解，以至于受到更大的
　　伤害。

他千百次地想象着她的形象

那形象时而停留时而消逝

时而朦胧时而映着星光，他知道

这不是他独有的感受和悲伤，于是

他祈求，他盼望……好了

那狂热的风暴已渐渐平息

多情人的歌唱也就到此结束！

但愿世上的有情人终成眷属！

愿这句永恒的话不会落空

因为世事的轮回又将开始

诗人啊，你何必如此忧伤？

世界不是还存在？林立的高楼

　　不是还矗立在你的眼前？

形同陌路的结果你应该想到

尘世间的种种不幸和悲苦

与生俱来

反省内心吧！超越平庸实非

　　常人所为，你聪敏好学

连这点世道都看不清楚？

你只管展翅高飞，闭上一只眼，

写出你应写的诗篇！

感伤

我的心

在弹琴

琴音曼妙

引来

无数只

蜻蜓

蝴蝶

蜜蜂

小鸟

也纷纷

鸣叫着

向我飞来

它们

上下翻飞

扇动着

一对对

金色的翅膀

像珠串

挂在

胸前

天上

我心

为谁弹唱？

路上

行人如潮

有的

西装革履

有的

扛着大包

哦

太忙！

没有心思

听我

弹唱

可是

我心依然

一遍接一遍

从黎明

到黄昏

我看得

心慌

真想

打断

琴弦

叫它不要唱

可同时

我又知道

这样做

会使它

更加伤心

难过

弄不好

琴断

魂销

献给你，我爱的精灵！

献给你，我爱的精灵——无线电波！

我的心向你表示最大的敬意

请舒展你那美丽温柔的手臂

亲切地把我迎入你的怀抱

和风与香气从你神奇的口中吹来

在爱与欢乐的白天，舒畅我的胸怀！

循着你手指的方向，我慢慢地飞翔

在山腰上我极目眺望，仿佛看见了

我往日的模样——那时我年少轻狂得

以为爱情背后便没有宇宙

失恋的痛苦像电流一般袭上我心头

我悲声切切、泪如雨下，独自走在山间的小路

没有思想，没有神往

没有灵感，没有力量，也没有生之热望

站在林立的悬崖上我万念俱空

黑云抱成团向我涌来，阴冷的山风

像恶魔一样席卷着谷底的云雾将我团团围住

就在这当儿，一个美丽的精灵展翅向我飞来

那就是你——无线电波！你这神秘的精灵！

你高唱着生命的赞歌和永恒的乐音

像金色的阳光劈开了那蒸腾的迷雾和阴云

并把蓝天的一角摘下轻贴到我流血的伤口上

对我说：其实你的路还很长。

爱情背后

还有更大的宇宙！然后你用温柔的手臂把我

　　搂进了你的怀里。

从此，我日夜守候在你身旁

在这里我听见了千百种曲调在交响

听见了五千年的文明和沧桑

听见了大自然和小鸟在同声歌唱

循着你手指的方向，我慢慢地飞翔

在山顶上我望见了无数双眼睛在向你张望

在你的指引下我沿着神秘的河流蜿蜒直上

在这里，我内心获得了无限的自由和解放！
在这里，你和成熟的太阳结成友伴
太阳用阳光照亮，你用神奇的电波把正义和
　　理想传向四方
把真善美的种子向人们心田播撒！

在这里，我获得了最大的自由和解放
你这大自然的精灵
你是人类文明的使者和见证！
同时你像是我的恋人，我的知己！

而今，你的生日来了，我拿什么奉献给你！
无线电波——你这神秘的精灵！

致情人

你为何要拒绝我的感情，亲爱的人？
昨天你晶亮的眼睛里还跳动着
真情的火焰！你可知道，你是我第一个
钟爱的姑娘
为了能博取你的欢心
我像一个无知而天真的孩童
常想
若能摘一片火红的云霞给你做衣裳，那该多好！

唉！九十九个日夜似九十九堵高墙
将你我隔开，浓雾还没有散去你便
挣脱我那红丝带离我而去
唉！你真是个机灵鬼——
竟用魔力将我的感情全部吸进了你的金瓶

只给我一片冒着热气的干巴巴的柳叶

唉！你真是一个高明的游戏师——

先用一张大网将我缚住

把我变成可怜虫向你乞讨

一切都变成了铅石

重重地压住了我的胸口

何时才能把它搬开？

是的！我家境并不富有

没有足够的金钱把你装点

是的！我被六月的阳光和雨点

弄得不成样子，又瘦又黑像个小老头

这是我的痛苦，与你何干！唉——这怎么能

　　怪你呢？

请你站到他家的高墙上露出贵妇人的微笑

我愿变成一只寒号鸟在那墙边的枝头上为你

　　歌唱

唉！——这痛苦是我自作自受

我是不幸的人，又没有出息

你走吧！但愿你是幸福鸟飞入自由的林荫

你走吧！我没有哭泣——

我的眼泪还流在心底

给小鬼头

你，一双明澈如水的眼睛

一张鲜活细嫩的小脸，

当你坐到我的身旁

我又感到有一种莫名的辛酸

　　像山一样向我涌来

不知是上天的安排还是命运之神

　　在捣鬼，让我们又见一面

哦！你那传神的美目又闪出久违的火焰

无限的柔情从你游动的指间流出

凝视的双眸又迸射出青春的火花

我浑身颤抖着仿佛进入了一个迷你的世界

美洁的迎春花啊！

我多想凑近一点闻一闻

你这满身的清香

可是我不能忘记——我那永久的意义
我要飞，飞向那永恒的故里！
唉，既然这样，那我们就暂时容忍
让我们在这里静静地默想
仔细回味那昨日的美好

给歌德

诗人，你的热情是一团火

精练的诗句像大海的柔波

你的深情我明白，我懂得

可世人总对你指指点点，说你是

　　用情过滥，话儿太多。我也不明白

　　你为何这般多情，精力如此充沛

更不明白是你孕育了这个多情的世界

　　还是这多情的世界孕育了你！

诗人，你无须多心，尽可以扬扬得意，因为

　　你的多情已感动上帝

为你打开了永生之门

明月，升上来吧！

明月，升上来吧！我已打点好行装
只要你一露面我就紧紧跟上
步入你圣洁的殿堂。
我已看穿人世
不再抱有任何的希冀和幻想
我像你当年一样独守孤灯
整日端坐静心修养　然而
那象牙塔里的灯光越来越暗
好像世界末日已经到来
我的宝座不再稳如泰山
成堆的垃圾已经铺满它的窗台
各种猎物交织在一起互相竞赛
拼命地撕咬如同一群疯狗在大街上乱嚎
升上来吧，明月！

我要抛弃世间的烦恼

像你一样孑然一身

把永生的秘密化为壮丽无比的清光！

宣言

爱我吧！我是一个可以

信赖的人

虽然出身低微但心灵高贵

我有钢铁般的意志

有超出常人的勇气和魄力

我在世俗的低谷中徘徊

常想着该如何挣脱

  它的羁绊

我相信一定能够 因为我的血管里时刻涌动着

不死的创造的鲜血

我在平凡中摸索

在激流中寻求

时而像蜜蜂勤勤恳恳

时而像王孙一样快乐自由

我害怕世间的烦恼和忧愁

想着该如何从烈火中求得解脱

偶感

您该如何对他？可爱的沙丽
月前的离别曾使他伤心苦恼
站台上他像一片
飘零的落叶，久久地凝视
却没能把你看见
在那遥远的都市
他辗转难眠
你的倩影常在他额前出现
于是他饭不思，茶不饮
成天耷拉着脑袋在街边
如今他又见到了你，重逢的喜悦
　　像春风拂动泛起的碧波
心儿跳得像冬夜燃起的大火
你该如何对他？是添柴还是泼水？

我累了……

我累了，想坐在这路边休息
从昨天到今天我一直走在铺满荆棘
　　的路上，夏日的流火正在燃烧
我抬起头仰望着前方无尽的沙土

铺满荆棘的路还在脚下延伸
烈日当头
细小的沙粒累积得
像一座座蒙古包
偶尔飘来的白云
被阳光照耀得像一块块碎玻璃

一幕幕平庸的往事像箭矢般
　　射向我心头，尘世的喧嚣如大海

的波涛不停地冲击着我的心房。

我的道路在哪里？我如今身在何方？
……
夏日的流火仍在不停地燃烧，
我累了，是否可以在这儿停留倚靠？

我死了……

我死了，在我的房间里

没有人吊唁也没有人来探望

像条狗静静躺在

阴黑的地面上，什么也看不见

什么也听不见，身边只剩下

几张残破的纸和一管

　　带血的笔

四面的高墙

像山一样将我和世人远远隔开

我的灵魂像游丝

悬浮在屋顶的下方，我的头顶上

我死了，在我的房间里

静静躺着

而我的灵魂依旧像游丝

悬浮在，我的头顶上
漂泊在浩瀚的大地空间

一枝梅

我爱冬天的一枝梅
却开放在炎炎的夏天
不过这没有关系
因为我所欣赏的
不是它花开的季节

恼怒

姑娘，你身上是不是藏着
一块磁石，竟把我吸引到这里?
我恼怒，我恨你!
因为你忘乎所以
教我日夜思念你身边的玫瑰

成功

成功，谁都渴望你！

好希望你乖乖地走进我怀里

可是谁能知道

你身上究竟藏了多少凄楚和创伤？

暗恋

我是一个写诗的男孩

心中充满无限忧愁和感慨

每当我坐到你身旁看你修长

　　的玉指轻扣在电脑的键盘上

无数只小鸟在我们中间来回奔忙

一边衔泥一边小声地鸣唱——

想在我们中间搭一座桥

可是，唉，我们中间却像隔了万水千山

如果你轻扣的不是电脑的键，

而是七弦琴那美妙的震颤；

如果我不是写诗的男孩，

而是心甘情愿地与世俗共进晚餐……

我是一个写诗的男孩，心中

充满无限忧愁和感慨。

姑娘，你别走

姑娘，你别走！
让我紧跟在你身后
你看！天儿这么蓝
风儿这么轻
云儿像一条条洁白的
哈达在我们中间
　　　飘荡！
姑娘你别走
让我紧跟在你身后
像风一样轻柔！

听泉

一位瘦弱的音乐大师
冥想着一个永恒的主题

几千年了
逝去的只是时间吗
任心脏清脆地跳动

给

我已经让你小小的心湖漾起了悠悠的涟漪
这样做是我的欢乐
是我饥渴的心儿最初的乞讨
你施舍予我一朵白柔的小花
我捧回家中
放进我这小小的心里
于是，它生根而成长起来
不断地吸取我体内的养分
而使我日渐憔悴

听说你哭了

听说你哭了
在这一晚
月亮同时也掉下了两颗
发光的眼泪
我，这个夜游者
却把它当作宝石
藏进了我这小小的心里
听说你哭了
我只是没有哭
含有毒素的泪水
我绝不会拿来奉献给你

当

当清寂的黎明，你在暗中伸出双臂，要抱你睡在床上的孩子时，我要说道："孩子不在那里呀！"——妈妈，孩子长大了。

我已跨上战马，来到了遥远的北国像个远征的国王，我要创立我的王国。

当黑漆漆的深夜，星星互相凝视的时候，你在睡梦中惊醒，你轻轻地、轻轻地推开我卧室的门，想要看看你淘气的孩子，是否又偷偷地起床在玩那无聊的游戏时，我要说道："孩子不在那里呀！"——妈妈，孩子长大了。

我已经来到了遥远的北国，这儿的国王正在为他心爱的公主筹备嫁裳，我来迎娶我美丽的新娘。

当大风起兮，闪电撕裂天空，你惊恐地四处张望你的孩子时，我要说道："孩子不在那里呀!"——妈妈，孩子长大了! 当雨点在树叶上淅沥时，"妈妈别担心，有我在这里。"

今夜关注诗歌关注了你

今夜关注诗歌关注了你

边疆的秋风起兮　吹来淡淡的忧伤

淡淡的凉意

乍凉还闷时节最难将息

不能写诗　可以写梦

梦境里一个人　独自

彷徨在悠长　悠长

又寂寥的淡淡秋风里

我希望逢着

一个丁香一样的

结着愁怨的姑娘

她是有

丁香一样的颜色

丁香一样的芬芳

丁香一样的忧伤
今夜关注诗歌关注了你
明天是否老年痴呆
忘了你写的日记

夜游

叶朦胧，花入梦
半月现夜空

夜静风清孤灯长椅
夜游人

十五的月亮　十六圆——中秋

你也回家过中秋

我也回家过中秋

总有人不回家过中秋

总有人不能回家过中秋

望穿秋水　儿未还

十五的月亮　十六圆

无题

坚持有坚持的成败
放弃有放弃的未来
追忆总有酸甜苦辣
日起日落的往复中
带走了多少无奈
今夜你我擦肩而过
抑或痛快地谈一场恋爱
明天的太阳一样升起

驶回母校

行驶在山间的公路
如婴儿匍匐在母亲的胸脯

如饥渴的婴儿见到
母亲的乳房
迫不及待地捧起小河的水
不停地吮吸

抬头
凝视久别的母校
我
一个不能归来的游子

日子

日子
太短

早晨起床后
只抽了根烟
就到下午了

是日子太短
是烟太长
我糊涂了

还更有糊涂的说
"难得糊涂"

于是

日子就这么过去了

夜晚

晚星带回了一切
带牧童回到母亲身边
这是人间最美的诗句

如果你不用上夜班
你就知道夜晚有多好
即使明天执行死刑
那也是白天的事

夜晚
不够长

初冬

初冬送我一树金黄

我报以一脸惆怅

习惯性敬上一根香烟

黄叶摇头婉言相拒

独自自圆其说

人生易老天难老

岁岁叶黄今又叶黄

冬至春不远

种什么因得什么果

无处话凄凉

清明

这个时令　我的黄土

开始显露出母亲的一面

桃花白　杏花红

红的还有那一张张

黄土地上女孩羞羞的脸

飞卷的尘土静了下来

匍匐在那里

将自己的触角深深地扎在其中

寻找苏醒时呼呼的心动

还有那　湿湿的唇印

这是高原上最有活力的时令

压抑许久的花红柳绿

纷纷以自己的方式探出头来
贪贪地　醉醉　醒醒
再抖擞精神　疯也似的
伸展　展伸

还有高原上等待已久的人们
这些寻找幸福寻找富裕的人
也在褪去厚厚冬衣的同时
褪去了厚厚一冬的惰性

西口依旧要走　海一定要下
只是在霓虹闪烁的地方
别忘了　你的
挂着蓝布的酒幡的老村

桃花雪

鬓角插着一朵梨花
婀娜走来

小手毛茸茸地
抚慰土地

醒了
伸个懒腰
呼出潮潮的春味

只是一个上午
整个高原上
回荡着麦子
深情的信天游

读石

石 形质殊异 底蕴隽永

石 伟岸俊丽 日月星辰

石 色泽斑斓 万种风情

称顽石 贬义偏颇

称岩石 失于中庸

称宝石 唯美驰誉

还是称石吧 真是中听

石字把质地形态韵致凝固

仓颉造字灵聪

读石爱石

顽石也去爱吧

那顽那石中之实

不正是一种人文精神

孤独

走出欲盖弥彰的舞池

摆脱作乐的喧哗

安顿单身贵族的心灵宁静的秘籍

跟孤独签订彩虹的协议

清晨怀着冰冷的心醒来

孤独的日子使我清理了往事的回忆

摈弃了心中积累的愁思的垃圾

孤独是纯净和永恒的回收站

对爱的回答当作一个谜

永远无法猜破，世上真有忠顺的男人

尽管往事沉痛

仍有一副优越的样儿

只因写诗吐丝

白天织，晚上披

橙红灯下写着诗意

爱人享受梦乡酣睡

轻柔的光影亲吻灵动的笔

幸福鼾韵抒发家的温馨

于是　听醒心中的爱

声声滴水描绘山泉的回忆

嘀嗒嘀嗒钟表数着岁月

司机把车开到门前

我解读晨的色彩

听见时间正为月光濯洗

微熹渲染挚爱

抚慰鼾声

跟随春的脚步远去

欲望

欲望的种子深埋在心底

我想把它剔除

它时常变化着像个美女蛇

盘踞在我们的心底里　搅得

我心绪不宁　甚至昼夜不分

滑向它那

幽黑罪恶的深渊　当我拿起剔除刀

浑身的热血几乎凝固了

纯真美好的愿望　也似乎跟随着那

欲望的种子跌进了黑暗

一种从没有过的恐怖　像电流一样

袭上心头　并且闻到了

因为衰老而带来的可怕的死亡的气息

一枝梅

你是山中一枝梅
我是空中喜鹊飞
喜鹊落在梅枝上
棒槌打也打不飞

棋

　　从一块田到另一块田，父亲是一只疲惫的老象，一辈子都在走活那些方块的田。

　　捉摸不定的风雨，每每暗出奇兵，杀倒大片的农作物，父亲精心计算也常常落后一步棋。

　　只落后一步棋，便满盘皆输，面对农业的残局，父亲时常背着我们满眼含泪。

　　闲时与父亲论棋，我说："父亲，走出那方田吧，像车那样长驱直入，像炮那样飞过楚河。"父亲笑笑，什么也没说，依然很认真地走那些方块的田。

水中的雨花石

石头开花，
开花的石头在一碗清水中闪烁着光芒，
如一滴滴血的凝固和展开，
毫不理睬阳光下喧响的镍币。

多么温柔透明的水，
冲洗伤口、耻辱的水，
摧毁骨头和金属的水，
却融化不了这些鲜花的花朵。

多么坚强的石头，
在血雨中歌唱，
在烈火中燃烧，
使一切镍币失去光彩和分量的石头，

握住了这些石头，
你就握住了一支支永不熄灭的火把。

石头开花，开花的石头在一碗清水中光彩照人，
多少高贵的灵魂在水中悄然无声。

爱在风雨

风雨总是无情，一些花朵凋落了
另一些花朵消失了芳影
在一片泥地里
我们是两棵稚弱的青草
守着一方小小的天空

不憎恨风雨，也不叹息命运的悲苦
花朵们也许不会明白
风雨怎样使我们学会了自己照顾自己
并且使伤口愈合
不祈求恩赐，不惧怕惩罚
即使在美好的和奏里也无须立下重重的誓言

好好珍惜一生中的每个早晨

世界通过阳光和雨露滋润青翠的我们

在生命枯黄以前

我们能够始终相依相守

不管快乐抑或是受苦

这已经足够了

20 岁

在爷爷的胡子里

20 岁还很短很短

在爸爸的胡子里

20 岁已很长很长

20 岁　总想采一朵美丽的云彩

做成我七彩的霓裳

20 岁　总想挽一把洁白的月光

藏起于我逐渐成熟的心房

20 岁　总想骑一匹骏马

驰骋于祖国几千年文明的跑道上

20 岁　总想牵一头李白的鹿

与诗仙共享今日的春光

20 岁　最高兴是找来杜甫、屈原

一同遨游今日农村

抑或携手汉武秦皇

云游今日的深圳香港

20 岁

说大又小短又长

此时的世界

天地好宽广心儿好欢畅

山村的夜

不知是谁的一声咳嗽
日落了
赶忙唤来田间的萤火虫
蛙儿们有了意见

哪家的电视大了点嗓门
吃晚饭的山娃赶忙丢下碗筷
最放不下闲的是为娘的哟
劳累了一个白天还有忙不完的晚间
对着明月

选择

如果能万千次地选择

我依旧选择你啊　黄河

如果能万千次地选择

我还是选择你哟　中国

那一泻千里的澎湃汹涌

那惊天动地和桀骜不驯

那亘古的雄狮东方的神龙

那五千年的文明及长城的雄风

这正是龙的传人

正是炎黄的子孙

不屈服于别人

不隶属于别人

我们是国家的主人
在这片神圣的土地上
我们团结
欢乐地发出同一种声音
改革

哦　万千次地选择
依旧选择你
亿万次地选择
还是选择你·
我的黄河
我的中国